dtv

Jane, das junge Dienstmädchen von Beechwood, und Paul, der Spross aus begütertem Haus, haben ein Verhältnis. Heimliche Botschaften, verschwiegene Treffen, doch heute, an diesem sonnigen Märzsonntag 1924, darf Jane – Familie und Dienerschaft sind ausgeflogen – ihr Fahrrad einfach an die Hausmauer des Anwesens lehnen, durchs Hauptportal herein und ins Bett ihres Geliebten kommen. Ein erstes und ein letztes Mal, denn Paul wird bald – standesgemäß – heiraten. Später, gegen Mittag, wird sie leichtfüßig und nackt durch das weitläufige Haus streifen, beseelt von der rauschhaften Innigkeit dieses herausgehobenen Morgens und nicht ahnend, dass ihr Leben am Ende dieses Tages zu zerbrechen droht.

Graham Swift wurde 1949 in London geboren, wo er auch heute lebt. Nach dem Studium in Cambridge arbeitete er zunächst als Lehrer. Seit seinem Roman ›Wasserland‹, der mit Jeremy Irons verfilmt wurde, zählt er zu den Stars der britischen Gegenwartsliteratur. ›Letzte Runde‹, wurde 1996 mit dem Man Booker-Prize ausgezeichnet ›Ein Festtag‹, in siebzehn Sprachen übersetzt, wurde auf Anhieb ein internationaler Bestseller.

Susanne Höbel, geboren 1953, lebt in Südengland und arbeitet seit über zwanzig Jahren als Übersetzerin englischer und amerikanischer Literatur. Sie wurde vielfach ausgezeichnet und übersetzte u. a. Nadine Gordimer, John Updike und William Faulkner.

Graham Swift

Ein Festtag

Roman

Aus dem Englischen
von Susanne Höbel

dtv

Von Graham Swift ist bei dtv außerdem lieferbar:
Das helle Licht des Tages (13464)
Schwimmen lernen (13757)
Wasserland (14053)
Im Labyrinth der Nacht (14197)
Letzte Runde (14380)
England und andere Stories (14616)

Ausführliche Informationen über
unsere Autoren und Bücher
www.dtv.de

MIX
Papier aus verantwortungsvollen Quellen
FSC® C019821

Die Originalausgabe erschien 2016 unter dem Titel
Mothering Sunday bei Scribner Ltd. in London.

Umschlaggestaltung: dtv unter Verwendung des Bildes
»Liegender Akt« (1917–18) von Amadeo Modigliani
(bridgemanart.com/Private Collection)
Satz: Fotosatz Amann, Memmingen
Druck und Bindung: Druckerei C.H. Beck, Nördlingen
Gedruckt auf säurefreiem, chlorfrei gebleichtem Papier
Printed in Germany · ISBN 978-3-423-14677-7

Für Candice

Und du sollst *doch* zum Ball gehen!

Vor langer Zeit, bevor die Jungen starben und als es mehr Pferde als Autos gab, bevor die männlichen Bediensteten verschwanden und die Bewohner von Upleigh und Beechwood sich mit einer Köchin und einem Dienstmädchen begnügen mussten, hatten die Sheringhams nicht nur vier Pferde im eigenen Stall, sondern auch ein »echtes Pferd«, ein Rennpferd, einen Vollblüter. Es hieß Fandango. Es war in einem Stall in der Nähe von Newbury untergebracht. Ein Rennen hatte es nie gewonnen. Aber die Familie leistete sich diesen Luxus, leistete sich die Hoffnung auf Ruhm und Ehre auf den Rennbahnen Südenglands. Es galt als abgemacht, dass Ma und Pa – die in der seltsamen Sprache von damals »Altvordern« genannt wurden – der Kopf und der Rumpf gehörte, während er und Dick und Freddy je ein Bein besaßen.

»Und das vierte Bein?«

»Ja, das vierte Bein. Das war immer die Frage.«

Hauptsächlich war es ein Name, ein nie gesehenes Pferd mit teurem Quartier und teurem Training. 1915 wurde es verkauft – damals war er fünfzehn. »Das war, bevor du hierherkamst, Jay.« Aber einmal, und das war lange her, waren sie alle zusammen an einem Tag im Juni losgefahren, hatten einen seltsamen, verrückten Ausflug gemacht, bloß um Fandango, ihr Pferd, zu sehen, wie es über die Downs galoppierte. Um am Rand zu stehen und zuzusehen, wie es zusammen mit anderen Pferden auf sie zu gedonnert kam und blitzartig vorbei war. Er und Ma und Pa und Dick und Freddy. Und, wer weiß, vielleicht der Geist eines anderen Interessenten, dem das vierte Bein gehörte.

Seine Hand lag auf ihrem Bein.

Zum ersten Mal, seit sie ihn kannte, war ein versonnener Ausdruck in seine Augen getreten. Und sie hatte die deutliche Vorstellung (auch mit neunzig hatte sie die noch), dass sie ihn begleitet haben könnte – dass sie es immer noch auf wundersame Weise könnte, ihn begleiten und am Rand stehen und Fandango sehen könnte, wie er im Vorbeigaloppieren Schlamm und taufeuchtes Gras in die Luft schleuderte. Sie hatte dergleichen nie gesehen, aber sie konnte es sich vorstellen, klar und deutlich. Die Sonne noch im Aufgehen begriffen, eine rote Scheibe über den grauen Hügeln, die Luft noch frisch und kalt, und er gab ihr vielleicht seine Hüftflasche mit Silberverschluss und berührte, nicht gerade verstohlen, ihren Po.

Aber jetzt sah sie ihm zu, wie er nackt, von einem silbernen Siegelring abgesehen, durch das sonnenhelle Zimmer ging. Zu keinem Zeitpunkt im Verlauf ihres Lebens, falls überhaupt jemals, verwendete sie leichtfertig für einen Mann das Wort »Hengst«. Aber das war er. Er war dreiundzwanzig, sie zweiundzwanzig. Man konnte ihn auch als einen Vollblüter bezeichnen, obwohl das Wort damals, genauso wenig wie das Wort Hengst, zu ihrem Wortschatz gehörte. Damals kannte sie nicht so viele Wörter. Vollblüter: schließlich zählten Dinge wie »Zucht« und »Herkunft« bei Leuten wie ihm. Zu welchem Zweck, sei dahingestellt.

Es war März 1924. Es war nicht Juni, aber es war ein Tag wie im Juni. Es musste kurz nach zwölf Uhr mittags sein. Ein Fenster stand offen, und er ging unbekleidet durch das sonnendurchströmte Zimmer, sorglos, nackt; er wirkte wie ein Tier. Es war ja sein Zimmer. Da konnte er tun und lassen, was er wollte. Das konnte er. Und sie war noch nie hier gewesen, würde auch nie wieder herkommen.

Auch sie war nackt.

30. März 1924. Vor langer Zeit. Die Schatten der Fenstersprossen streiften über ihn hinweg wie Laub. Er nahm das Zigarettenetui, das Feuerzeug und einen kleinen silbernen Aschenbecher vom Toilettentisch und drehte sich um, und da, unter dem Busch dunkler Haare, von der Sonne voll beschienen, waren sein Schwanz und seine Eier, schlaffe, noch klebrige Anhängsel. Sie konnte das alles betrachten, wenn sie mochte, er hatte nichts dagegen.

Und er konnte sie betrachten. Sie lag ausgestreckt auf dem Bett, nackt, von einem Paar sehr billiger Ohrringe, ihrem einzigen Paar, abgesehen. Sie hatte nicht das Laken über sich gezogen. Sie hatte sogar die Hände hinter dem Kopf verschränkt, um ihn besser ansehen zu können. Und er konnte sie ansehen. Seine Augen an ihr weiden. Der Ausdruck fiel ihr unvermittelt ein. Neuerdings fielen ihr solche Ausdrücke ein. Seine Augen an etwas weiden.

Draußen lag, ebenfalls ausgestreckt, die Grafschaft Berkshire, gegürtet mit hellem Grün, von Vogelgesang erschallend, im März mit einem Junitag gesegnet.

Auch jetzt interessierte er sich noch für Pferde. Oder vielmehr verwettete er nach wie vor sein Geld für sie. Das war seine Art der Sparmaßnahmen – er warf das Geld raus. Seit fast acht Jahren hatte er das Geld von dreien, wenigstens theoretisch. Er nannte es »Kriegsbeute«. Aber er würde beweisen, dass er darauf verzichten konnte. Und was sie beide seit fast sieben Jahren taten, kostete, wie er ihr manchmal ins Gedächtnis rief, rein gar nichts. Nichts außer Verschwiegenheit, einem gewissen Risiko, einer Gewitztheit und dem ihnen beiden eigenen Talent, alldem gewachsen zu sein.

Aber das hier hatten sie noch nie getan. Sie war noch nie in seinem Bett gewesen – ein Einzelbett, aber breit. Auch nicht in seinem Zimmer, nicht in diesem Haus. Wenn es nichts kostete, dann war dies hier das größte Geschenk.

Aber wenn es nichts kostete, was war dann mit den Malen, so könnte sie ihn jederzeit erinnern, als er ihr Sixpence gegeben hatte? Oder war es sogar Threepence gewesen? Ganz am Anfang, bevor es – traf das Wort zu? – ernst wurde. Aber sie würde es nicht wagen, ihn daran zu erinnern. Jedenfalls nicht jetzt. Sie würde ihm auch nicht das Wort »ernst« an den Kopf werfen.

Er setzte sich neben sie aufs Bett. Er fuhr ihr mit der Hand über den Bauch, als wollte er unsichtbaren Staub wegwischen. Dann legte er das Feuerzeug darauf, stellte den Aschenbecher daneben, das Zigarettenetui behielt er in der Hand. Er nahm zwei Zigaretten aus dem Etui und steckte eine zwischen ihre gespitzten Lippen. Ihre Hände waren immer noch hinter dem Kopf verschränkt. Er zündete erst ihre, dann seine Zigarette an. Er nahm Etui und Feuerzeug und legte beides auf den Nachttisch, dann streckte er sich neben ihr aus, während der Aschenbecher zwischen ihrem Bauchnabel und ihrer Möse, wie er inzwischen ohne weitere Umstände gern sagte, stehen blieb.

Schwanz, Eier, Möse. Ein paar schlichte, grundlegende Ausdrücke gab es.

Es war der 30. März. Ein Sonntag. Es war Muttertag, der damals *Mothering Sunday* genannt wurde.

»Na, Jane, wenn das kein herrlicher Tag dafür ist«, hatte Mr Niven gesagt, als sie ihm frischen Kaffee und Toast brachte.

»Ja, Sir«, hatte sie gesagt und sich gefragt, was er in ihrem Fall mit »dafür« meinte.

»Ein wahrhaft herrlicher Tag.« Als wäre es sein großzügiger Beitrag. Dann zu Mrs Niven gewandt: »Wenn uns jemand gesagt hätte, dass es so werden würde, hätten wir ebenso gut alle einen Picknickkorb packen können. Ein Picknick – am Fluss.«

Er hatte es sehnsüchtig gesagt, auch begierig, sodass sie schon dachte, als sie den Toastständer auf den Tisch stellte, der Plan würde umgestoßen und sie und Milly müssten einen Picknickkorb packen. Und wer weiß, wo der Korb überhaupt war und was sie bei so kurzfristiger Ankündigung hineinpacken würden. Schließlich war das *ihr* Tag.

Und Mrs Niven hatte gesagt: »Es ist März, Godfrey«, und einen misstrauischen Blick aus dem Fenster geworfen.

Aber sie hatte nicht recht behalten. Der Tag war immer noch besser geworden.

Und das Vorhaben der Nivens war eines, das vom Wetter

nur begünstigt werden konnte. Sie würden nach Henley fahren und sich dort mit den Hobdays und den Sheringhams treffen. Da sich alle in derselben Situation befanden – die nur einmal im Jahr eintrat und dann auch nur für einen Teil des Tages –, wollten sie in Henley zum Lunch zusammenkommen und so der Unbequemlichkeit, dass sie ein paar Stunden lang kein Dienstpersonal hatten, begegnen.

Es war die Idee – oder die Einladung – der Hobdays. In zwei Wochen sollten Paul Sheringham und Emma Hobday heiraten. Also hatten die Hobdays den Sheringhams diesen Ausflug vorgeschlagen: einerseits als Gelegenheit, auf das bevorstehende Ereignis anzustoßen und den Ablauf zu besprechen, andererseits als Lösung für die praktischen Schwierigkeiten des Sonntags. Und weil die Nivens gute Freunde und Nachbarn der Sheringhams waren und bei der Hochzeit Ehrengäste sein würden (und weil sie außerdem an diesem Sonntag dieselbe Schwierigkeit hatten), waren sie – wie Mr Niven sagte, als er ihr von dem Plan erzählte – zu dem Ausflug »beredet« worden.

Das erklärte eine Sache, die ihr aber schon bekannt war: Was immer sonst Paul Sheringham heiratete, er heiratete Geld. Vielleicht musste er das, so wie er sein eigenes Geld verschleuderte. In zwei Wochen würden die Hobdays für eine grandiose Hochzeit bezahlen, war es da wirklich nötig, die bevorstehende Feier zu feiern? Eigentlich nicht, es sei denn, man brauchte nicht zu sparen. Nichts Geringeres als Champagner wäre angemessen. Als Mr Niven den Picknickkorb erwähnte, hatte er vielleicht überlegt, wie sehr man auf die Großzügigkeit der Hobdays vertrauen konnte oder wie sehr sein eigener Geldbeutel an dem Tag strapaziert werden würde.

Aber dass die Hobdays nicht zu sparen brauchten, gefiel ihr. Es hatte nichts mit ihr zu tun, aber es gefiel ihr. Dass Emma Hobday aus Fünfpfundnoten gemacht war, dass die Eheschließung eine geschickte Methode war, um an »Kriegsbeute« zu gelangen, gefiel ihr, oder vielmehr, es tröstete sie. Alles andere, was damit zu tun hatte – auch als Mr Niven erklärte, sie seien »beredet« worden –, nagte an ihr.

Und wären Mister Paul und Miss Hobday bei der Party persönlich zugegen? Das konnte sie nicht erfragen, obwohl sie es unbedingt wissen musste. Und Mr Niven hatte von sich aus keine Auskunft darüber gegeben.

»Würdest du bitte Milly von diesen Plänen unterrichten? Natürlich sollen deine eigenen Pläne davon unberührt bleiben.«

Es geschah nicht oft, dass er Grund hatte, so etwas zu sagen.

»Selbstverständlich, Sir.«

»Ein Jamboree in Henley, Jane. Ein Stammestreffen. Hoffen wir, dass wir das Wetter dafür haben.«

Sie war sich nicht ganz sicher, was »Jamboree« bedeutete, glaubte aber, dass sie es schon einmal irgendwo gelesen hatte. Und »Jam« deutete auf etwas Fröhliches hin.

»Das hoffe ich auch, Sir.«

Und jetzt hatten sie eindeutig das Wetter dafür, und Mr Niven wurde ungeachtet seiner früheren Bedenken ganz fröhlich. Er würde selbst fahren. Er hatte schon angekündigt, dass sie möglichst bald aufbrechen wollten, damit sie ein bisschen durch die Landschaft »kutschieren« und den herrlichen Morgen auskosten konnten. Offenbar hatte er nicht vor, Alf von der Werkstatt anzurufen, der – für einen angemessenen Preis – einen überzeugenden Chauffeur abgeben konnte. In den letzten Jahren hatte sie beobachtet, dass Mr Niven gern Auto fuhr, sogar, dass er größeren Gefallen daran fand, selbst zu fahren, als würdevoll gefahren zu werden. Es erfüllte ihn mit jungenhafter Energie. Außerdem veränderten sich, wie er in unterschiedlichsten Intonationen, von prahlerisch bis klagend, nicht müde wurde zu sagen, die Zeiten.

Denn früher einmal wären die Nivens wie die Sheringhams am Sonntagmorgen zum Gottesdienst gegangen.

»Stämme« hatte nach Hitze geklungen, nach etwas unter freiem Himmel. Das Treffen sollte, wie sie wusste, im George Hotel in Henley stattfinden. Ein Picknick war nicht geplant. Denn es hätte gut ein Tag – schließlich war es noch März – mit schlimmem Sturm und sogar Schnee sein können. Aber es war ein Morgen wie ein Morgen im Sommer. Und Mrs Niven stand vom Tisch auf, um sich fertig zu machen.

Obwohl Mr Niven jetzt allein war, konnte sie nicht fragen: »Werden Miss Hobday und …?« Auch wenn es sich wie die beiläufig neugierige Frage eines Dienstmädchens anhören würde. Schließlich war die bevorstehende Hochzeit im Moment das beherrschende Thema. Schon gar nicht konnte sie fragen: »Und wenn nicht, welche anderen Pläne haben die beiden wohl?«

Wäre sie eine Hälfte eines verlobten Paares – besser

gesagt, wäre sie die Hälfte von Paul Sheringham –, würde sie, so glaubte sie, zwei Wochen vor der Hochzeit nicht zu einem Jamboree in Henley gehen wollen, wo die ältere Generation bloß ein Gewese um sie machen würde (»drei Paare von Altvordern auf einem Haufen«, hätte er vielleicht gesagt, und sie sah ihn vor sich, mit Zigarette im Mund, während er die Augen zusammenkniff und sich schüttelte).

Aber davon abgesehen, auch wenn sie weiter nichts erführe, blieb das Problem, das an diesem Tag ihr ganz persönliches war, wie Mr Niven wusste, nämlich wie sie ihn verbringen sollte. Ein schmerzlich persönliches Problem. Das herrliche Wetter war da nicht unbedingt hilfreich. Im Gegenteil, es schien – zwei Wochen vor dem Ereignis – nur umso tiefere Schatten zu werfen.

Sobald der richtige Moment gekommen war, wollte sie zu Mr Niven sagen, dass sie, wenn er – er und Mrs Niven – nichts dagegen hätten, keinen »Ausgang« nehmen wolle. Dass sie einfach hier, in Beechwood, bleiben und ein Buch lesen wolle, wenn sie damit einverstanden wären. Vielleicht würde sie »ihr Buch« sagen, obwohl es Mr Niven gehörte. Sie könnte sich einfach im Garten in die Sonne setzen.

Sie wusste, dass Mr Niven einem so harmlosen Ansinnen nur zustimmen konnte. Vielleicht erschiene ihm die Vorstellung sogar reizvoll. Und natürlich würde es bedeuten, dass sie ihre Pflichten sofort wieder aufnehmen konnte, sobald die Herrschaften zurückkehrten. Sicherlich könnte sie in der Küche etwas zu essen finden. Vielleicht würde Milly ihr sogar, bevor sie selber ging, ein Sandwich machen. Dann hätte sie ihr eigenes »Picknick«.

Und so hätte der Tag sich gestalten können. Die Bank in

der Ecke bei der Sonnenuhr. Hummeln, vom Wetter verführt. Der Magnolienbaum, mit Blüten beladen. Das Buch auf ihrem Schoß. Sie wusste schon, welches Buch das sein würde.

Kurzum – sie würde Mr Niven die Idee unterbreiten.

Doch dann hatte das Telefon geklingelt, und da ans Telefon zu gehen zu ihren zahlreichen Aufgaben gehörte, war sie hingeeilt, um abzunehmen. Und ihr Herz hatte einen Freudensatz gemacht. Das war ein Ausdruck, den man in Büchern las, aber manchmal traf es genau das, was passierte. Und jetzt war es das, was ihr passierte. Ihr Herz hatte einen Freudensatz gemacht, wie das einer gestrandeten Heldin in einer Geschichte. Es hatte einen Luftsprung gemacht, wie die Lerchen, die sie bald schon hören würde, hoch im blauen Himmel trällernd und trilierend, während sie mit dem Fahrrad nach Upleigh fuhr.

Aber sie hatte sorgfältig darauf geachtet, recht laut und mit ihrer besten Telefonstimme, die sowohl diensteifrig als auch königlich wirkte, zu sagen: »Jawohl, Madam.«

Kirchenglocken erklangen durch den Vogelgesang. Warme Luft wehte zum Fenster herein. Er hatte die Vorhänge nicht vorgezogen, auch nicht als Geste der Schicklichkeit ihr gegenüber. Schicklichkeit ihr gegenüber? Das war nicht nötig. Von dem Zimmer hatte man einen Blick auf Bäume, Rasen und Kies. Der Sonnenschein begrüßte ihre Nacktheit, er befreite ihr Tun von der Verschwiegenheit, obwohl es zutiefst geheim war.

Und in all den Jahren ihrer – wie sollte man es nennen?

Intimität? Freizügigkeit miteinander? – waren sie nie so nackt wie jetzt gewesen.

Weide deine Augen, dachte sie wagemutig, wie eine eingeschmuggelte Schönheit. War sie eine Schönheit? Sie hatte die roten Fingerknöchel und eingerissenen Nägel eines Menschen ihres Standes. Sicherlich war ihr Haar völlig in Unordnung, Strähnen klebten ihr an der Stirn. Dennoch hatte sich ein Anflug seiner gebieterischen Schamlosigkeit auf sie übertragen – als wäre *er* der Dienstbote und brächte ihr eine Zigarette.

Und vor kaum mehr als zwei Stunden hatte sie *ihn* »Madam« genannt! Denn es war seine Stimme am Telefon gewesen, die ihr prompt den Dienstmädchenkopf verdreht hatte, obwohl sie ihre Geistesgegenwart bewahren musste. Die Tür zum Frühstückszimmer stand offen. Mr Niven war noch mit Toast und Orangenmarmelade beschäftigt. Aus dem Telefon waren kurze und bündige Anweisungen gekommen, die keinen Widerspruch duldeten, und sie hatte gesagt: »Ja, Madam … Nein, Madam … Ganz recht, Madam.«

Ihr Herz hatte einen Freudensatz gemacht. Weide deine Augen. Eine Geschichte begann.

Und weniger als eine Stunde später, nachdem sie vom Fahrrad gestiegen war und er ihr die Tür des Hauses aufgemacht hatte – die Tür des Hauses, ganz richtig, als wäre sie eine echte Besucherin und er der Butler –, hatten sie gelacht, weil sie ihn »Madam« genannt hatte. Sie lachten, als er sie hereinführte und sie es wieder sagte. »Danke, Madam.« Und er hatte gesagt: »Du bist klug, Jay, weißt du das? Du bist klug.« So machte er Komplimente – als würde er ihr etwas enthüllen, das ihr selbst niemals in den Sinn gekommen wäre.

Aber es stimmte, sie war klug. Klug genug, um zu wissen, dass sie klüger war als er. Immer schon, besonders am Anfang, war sie ihm an Klugheit überlegen gewesen. Er wollte es so, das wusste sie, sie sollte ihm an Klugheit überlegen sein, sollte sogar in gewisser Weise über ihn befehligen. Obwohl das nie ausgesprochen, nicht einmal angedeutet wurde. Nie konnte sie ganz, auch als sie neunzig war, den inneren Knicks ablegen. Seine hoheitsvolle Stellung war immer gegeben. Er war der Herr im Hause, richtig? Seit jetzt fast acht Jahren war er der Herr im Hause. Er war der Alleinherrscher. Er herrschte allein über sie. Oh ja, er war hoheitsvoll. Sie hatte ihm geholfen, diese Haltung zu entwickeln.

Aber als sie zusammen in der Vorhalle standen, hatte er sie klug genannt, fast wie ein demütiges Eingeständnis, als wäre er ein Tölpel, der hoffnungslose Fall. Draußen blühten goldene Osterglocken entlang dem Kiesweg, und im Haus, in der Halle, standen in einer großen Schale Zweige mit weißen Blüten, die von innen zu leuchten schienen. Dann hatte sich die Tür hinter ihr geschlossen, und sie war allein mit ihm im Upleigh House, um elf Uhr an einem Sonntagmorgen. Das war in ihrem Leben noch nie vorgekommen.

»Wer war das, Jane?«, hatte Mr Niven gefragt. Weil sie »Madam« gesagt hatte, konnte er denken, dass es Mrs Sheringham oder auch Mrs Hobday gewesen war, mit einer Planänderung.

»Falsch verbunden, Sir.«

»Tatsächlich, und das an einem Sonntag«, sagte er, was eigentlich keinen Sinn ergab.

Dann hatte er auf die Uhr geblickt und seine Serviette zusammengerollt und bedeutungsvoll gehüstelt.

»Gut, Jane, wenn du den Frühstückstisch abgeräumt hast, kannst du gehen. Milly natürlich auch. Aber bevor du gehst –«

Und mit diesen Worten hatte er umständlich die Halfcrown hervorgeholt, die, wie sie wusste, bereitlag und von ihr mit einem besonders tiefen Knicks gewürdigt werden musste.

»Vielen Dank, Sir. Das ist sehr freundlich von Ihnen.«

»Na – du hast ja einen wunderschönen Tag dafür«, sagte er noch einmal, und auch diesmal fragte sie sich, sogar mit einiger innerer Erregung, was er mit »dafür« meinte.

Aber er sah sie freundlich an, nicht forschend. Dann richtete er sich auf und wurde ganz förmlich.

Eine seltsame Angelegenheit, dieser Muttertag, der vor ihnen lag, ein schon überholtes Ritual, an dem aber die Nivens – und auch die Sheringhams – festhielten, so wie auch die Welt daran festhielt, oder wenigstens die verträumte Welt von Berkshire, aus dem traurigen Wunsch, die Vergangenheit zurückhaben zu wollen. Und wie auch die Nivens und die Sheringhams mehr als früher aneinander festhielten, als wären sie zu einer einzigen, kläglich verminderten Familie zusammengeworfen.

Eine seltsame Angelegenheit war es in ihrem Fall auch aus einem anderen Grund, weshalb Mr Niven ihr nicht nur eine Halfcrown überreichte, sondern sich auch zu viel Räuspern und korrektem Verhalten veranlasst sah.

»Milly nimmt das Erste Fahrrad und lässt es am Bahnhof für ihre Rückkehr stehen. Und du, Jane …?«

Pferde gab es keine mehr, aber es gab Fahrräder. Die beiden Fahrräder, von denen die Rede war, unterschieden sich praktisch nicht – das von Milly hatte einen etwas größeren Korb –, aber sie wurden sorgfältig als »Erstes« und »Zweites« Fahrrad bezeichnet, und Milly hatte entsprechend ihren älteren Vorrechten das Erste.

Sie würde das Zweite nehmen. Damit konnte sie in einer Viertelstunde in Upleigh sein. Trotzdem brauchte sie die förmliche Erlaubnis – wenn auch nicht für die Fahrt nach Upleigh.

»Wenn es recht ist, Sir, fahre ich einfach mit dem Zweiten Fahrrad los.«

»Das hatte ich angenommen, Jane.«

Sie hätte auch »mein Fahrrad« sagen können, aber Mr Niven achtete sorgfältig auf die Unterscheidung zwischen »Erstem« und »Zweitem«, und sie hatte gelernt, sich daran zu halten. Von Milly wusste sie, dass die »Jungen« – Philip und James – (zusätzlich zu den Pferden) Fahrräder gehabt hatten, die Erstes und Zweites Fahrrad genannt worden waren. Die Jungen waren nicht mehr da, auch ihre Fahrräder nicht, aber seltsamerweise war die Tradition mit dem »Ersten« und »Zweiten« Fahrrad für die Fahrräder der Bediensteten übernommen worden, obwohl das natürlich Damenfahrräder waren, also Fahrräder ohne Querstange. Sie und Milly gehörten zwar nicht zur Familie, aber in einer Hinsicht stellten sie beharrlich die fahlen Geister von Philip und James dar.

Sie selbst hatte Philip und James nicht gekannt, anders

als Milly, die sie gekannt und auch für sie gekocht hatte. Außerdem hatte Milly einst »ihren Schatz« gekannt, der, so wie Philip und James, sein Leben gelassen hatte, vielleicht sogar in demselben schrecklichen Teil Frankreichs. Und ihr Schatz hatte Billy geheißen. Milly erwähnte seinen Namen nur selten – »mein Schatz« hatte sich durchgesetzt, so wie das »Erste« und »Zweite« Fahrrad –, und es war schwer einzuschätzen, wie gut sie ihn wirklich gekannt hatte. Aber wenn sie je geheiratet hätten, wären sie Milly und Billy gewesen. Vielleicht war »mein Schatz« eine Erfindung von Milly, die niemand als falsch beweisen konnte oder wollte. Der Krieg hatte allen möglichen Zwecken gedient.

Vor langer Zeit ... vor langer Zeit, nach dem großen Sturm der Verwüstung, war sie, Jane Fairchild, das neue Dienstmädchen, nach Beechwood gekommen. Die Familie war, wie viele andere, geschrumpft, auch was das verfügbare Einkommen und das Dienstpersonal betraf. Jetzt gab es nur noch eine Köchin und ein Dienstmädchen. Milly, die Köchin, war aufgrund ihrer längeren Dienstzeit zur Köchin und Haushälterin befördert worden, aber sie hielt sich an die Küche, während das neue, unerfahrene Dienstmädchen schon bald die Haushaltsführung übernahm.

Das machte ihr nichts aus. Sie liebte Milly.

Milly war nur drei Jahre älter als sie selbst, aber anscheinend hatte der Verlust von »ihrem Schatz« dazu geführt, dass sie ziemlich schnell an Gewicht und Umfang zunahm und gelegentlich mit absonderlichen Weisheiten aufwartete und so zu der Mutter wurde, die sie vielleicht immer hatte sein wollen. Wenn von »meinem Schatz« die Rede war, klang es fast so, als wäre sie die Mutter des armen Jungen gewesen.

Und heute fuhr Milly, vorausgesetzt das Fahrrad hielt ihr Gewicht aus, zum Bahnhof und besuchte ihre Mutter.

»Natürlich ist das recht, Jane«, sagte Mr Niven und schob die Serviette durch den silbernen Serviettenring. Würde er sie fragen, was sie vorhatte?

»Du hast das Zweite Fahrrad zu deiner Verfügung, und du hast eine Halfcrown. Und du hast die ganze Grafschaft zur Verfügung. Hauptsache, du kommst heil zurück.«

Dann sagte er, als neide er ihr ein wenig den großen Freiraum, den er ihr soeben zugestanden hatte: »Dies ist *dein* Tag, Jane. Wie du ihn verbringst, ist dir allein – eh – anheimgestellt.« Inzwischen wusste er, dass ein solcher Ausdruck nicht ihr Verständnis überstieg – vielleicht war es sogar in Anerkennung ihrer Lesegewohnheiten, dass er ihn benutzte. Milly hätte vielleicht gedacht, es würde etwas ins Haus gestellt.

Etwas anderes konnte er doch nicht damit gemeint haben.

Es war der 30. März 1924. Muttertag. Milly hatte eine Mutter, zu der sie fahren konnte. Aber das Dienstmädchen der Nivens hatte einfach ihre Freiheit und dazu eine Halfcrown. Dann klingelte das Telefon, und der ursprüngliche Plan wurde umgeworfen. Nein, jetzt würde sie kein Picknick machen.

Und es war mehr, als sie je zu hoffen gewagt hatte, denn

selbst wenn Mister Paul und Miss Hobday nicht an dem Ausflug nach Henley teilnahmen, blieb die Frage, ob sie den Tag anderweitig miteinander verbringen würden. Eine Frage, die auch jetzt noch offen war.

Beide hatten ein Auto, das wusste sie. Junge Leute ihres Standes konnten heute ein Auto haben. Manchmal sprach er von ihrem »Emmamobil«. Mit Sicherheit war es *ihnen* anheimgestellt, wie sie die Zeit verbringen würden, und wenn sie es geschickt anstellten und es ihrer Neigung entsprach, hatten sie die hilfreiche Unterstützung zweier leerer Häuser. Genau genommen gab es an diesem Tag im ganzen Land jede Menge vorübergehend leerer Häuser, die sich für ein geheimes Stelldichein eigneten. Und so wie sie Paul Sheringham kannte …

Genau das war der Punkt. Sie kannte ihn, und sie kannte ihn auch nicht. In mancher Hinsicht kannte sie ihn besser als jeder andere Mensch – dessen wäre sie sich immer sicher –, gleichzeitig wusste sie, dass niemand je erfahren durfte, wie gut sie ihn kannte. Und sie kannte ihn so gut, dass sie wusste, was an ihm unergründlich war. Sie wusste nicht, was er jetzt, da er nackt neben ihr lag, dachte. Oft dachte sie, er dachte nichts.

Sie wusste nicht, wie er sich Emma Hobday gegenüber verhielt. Sie wusste nicht, wie gut Emma Hobday – Miss Hobday – ihn kannte. Sie kannte Emma Hobday nicht. Sie hatte sie nur ein-, zweimal gesehen, wie sollte sie sie kennen? Sie wusste, dass Emma Hobday hübsch war, auf blumige Weise hübsch. Sie war eine Frau, die man mit einer Blume vergleichen konnte, die geblümte Kleider trug. Aber was für ein Mensch sie sozusagen unter den Blumen war, das wusste sie nicht. Wie sollte sie auch? Paul sprach selten von Miss Hobday, obwohl er sie heiraten würde. Und auch, wenn das ihr zeigte, wie viel sie nicht über Paul Sheringham wusste, war es doch ein tröstliches Geheimnis.

Seltsamerweise schienen Paul Sheringham und Miss Hobday immer weniger Zeit miteinander zu verbringen, je näher ihre Hochzeit rückte. Sie hatte von dem Brauch gehört, dass Braut und Bräutigam sich am Tag (oder war es nur in der Nacht?) vor der Hochzeit nicht sehen sollten, aber dies hier war eine erweiterte Version davon, und sie praktizierten sie schon seit einiger Zeit. Eigentlich müsste er doch deutlicher zu erkennen geben, dass er der erwartungsvolle zukünftige Ehemann war.

Und so war ihr ein Ausdruck in den Sinn gekommen, wie ein Ausdruck aus einem Buch, der plötzlich mit Bedeutung gefüllt war: »Arrangierte Ehe«.

Für sie wäre es das Beste. Nicht, dass es wirklich half. Aber wenn er, aus welchen Gründen auch immer, wegen einer Kombination aus Blumen und Geld, näher an diese Art von Ehe rückte, dann war dieser Tag – den Gedanken hatte sie schon, als sie das Frühstück servierte und Mr Niven vom Picknickkorb sprach – dann war dieser Tag, der mit vielversprechendem Sonnenschein begonnen hatte, vielleicht die letzte Chance. Ob ihre oder seine, oder gar ihrer beider letzte Chance, das wusste sie nicht.

Jedenfalls stellte sie sich darauf ein, ihn zu verlieren. Stellte er sich darauf ein, sie zu verlieren? Sie hatte kein Recht anzunehmen, dass er es so betrachtete. Hatte sie ein Recht zu denken, sie verlor ihn? Sie hatte ihn nie richtig gehabt. Oh doch, das hatte sie.

Sie wusste nicht, wie es sein würde, wenn sie ihn verlor, sie wollte nicht darüber nachdenken, aber dass sie ihn verlieren würde, stand fest. Vielleicht war das der Gedanke, der sie an diesem Sonntagmorgen, dem Morgen des Muttertags, beschäftigte, als sie in Beechwood frischen Kaffee servierte: Wenn er diesen Tag geschickt anging, dann wollte sie, dass er es für sie beide tat. Was für eine Hoffnung. Dann hatte das Telefon geklingelt. »Falsch verbunden.« Und ihr Herz hatte einen Freudensatz gemacht.

»Die Altvordern fahren jetzt los. Dann bin ich allein hier. Elf Uhr. Komm zur Eingangstür.«

Er hatte in lautem Flüsterton gesprochen, als stellte er sich ihre Situation vor, selbst die offene Tür zum Frühstückszimmer. Es war ein Befehl, ein knapper Befehl mit durchschlagender Wirkung. Und sie hatte zugehört, oder so getan, als würde sie zuhören, höflich und geduldig, als hätte ein ungeschickter und umständlicher Anrufer seinen Irrtum immer noch nicht bemerkt.

»Es tut mir sehr leid, Madam, aber sie sind falsch verbunden.«

Wie geschickt sie in den sieben Jahren geworden war. Wie gut sie die Sprache nachmachen konnte. Und anderes mehr. Aber sie musste sich an den Gedanken noch gewöhnen: nur sie beide in dem leeren Haus. Das war noch nie vorgekommen. Komm zur Eingangstür. Sie war nie zuvor zu einer Eingangstür gebeten worden. »Zur Eingangstür« konnte am Anfang allerdings seine bevorzugte Art, sie zu nehmen, ausdrücken.

»Das macht doch nichts, Madam.«

Weil Mr Niven seinen Toast mit Orangenmarmelade

kaute, hatte er möglicherweise ihren glänzenden Auftritt nicht ganz verfolgt.

»Falsch verbunden«, hatte sie erklärt. Und dann hatte er ihr die Halfcrown gegeben.

Wenn er gewusst hätte, was sie alles für Paul Sheringham – mit Paul Sheringham – gemacht hatte, und bloß für Sixpence, manchmal sogar für weniger! Und dann, nach kurzer Zeit, für nichts, umsonst, weil sich durch das beiderseitige Interesse an dem Akt jede Geldtransaktion erübrigte.

Doch als sie achtzig und dann neunzig war und in Interviews gebeten wurde, auf ihre jungen Jahre zurückzublicken, fand sie, sie konnte zu Recht behaupten (obwohl sie es nie tat), dass eine ihrer frühesten Beschäftigungen die Prostitution war. Waise, Dienstmädchen, Prostituierte.

Er schlug die Asche in den Aschenbecher, der ihren Bauch zierte.

Und geheime Geliebte. Und geheime Freundin. Das hatte er einmal zu ihr gesagt: »Du bist meine Freundin, Jay.« Es hatte sich wie eine Ankündigung angehört. Ihr war ganz schwindlig davon geworden. Noch nie hatte jemand sie Freundin genannt, hatte sie so entschieden als solche bezeichnet, so als wollte er sagen, er habe keine anderen Freunde und ihm sei eben erst klar geworden, was das sein könnte, eine Freundin. Und sie sollte niemandem von dieser soeben ausgesprochenen Enthüllung erzählen.

Ihr war schwindlig im Kopf davon geworden. Damals war sie siebzehn. Sie war keine Prostituierte mehr. Freundin. Vielleicht war das sogar besser als Geliebte. Nicht dass »Geliebte« damals in ihrem Wortschatz war, oder in ihrem Denken. Aber später hatte sie Liebhaber. In Oxford. Sie hatte viele, dafür sorgte sie. Aber wie viele von ihnen waren Freunde?

Und war Emma Hobday, seine zukünftige Braut immerhin, seine Freundin?

Jedenfalls hatten sie als Freunde oder vielleicht als Geliebte, oder einfach als der junge Mister Paul und das neue Dienstmädchen in Beechwood, das er eines Tages im Postamt in Titherton entdeckte, die verschiedensten Sachen miteinander gemacht, an den verschiedensten geheimen Orten. Die beiden Häuser waren kaum eine Meile voneinander entfernt, wenn man hintenherum ging und dann, wie es unvermeidbar war, durch den Garten. Das Gewächshaus und die unbenutzten Ställe waren nur zwei ihrer Treffpunkte. Und sie hatten diese Dinge mit seltsam verlässlicher Intuition gemacht – von einem Zeitplan konnte kaum die Rede sein –, woraus eine Gewohnheit entstanden war, mit der Telepathie wahrer Freunde. Als wäre alles immer dem erdachten Zufall überlassen worden, aber sie wussten, dass dem nicht so war.

Waren sie also wirklich ein Liebespaar?

Weil ihre Erforschungen von einer solchen Intensität und einer merkwürdigen Ernsthaftigkeit begleitet waren, aber auch von dem deutlichen Bewusstsein, dass sie etwas Unrechtes taten (die ganze Welt um sie herum war in Trauer), war ein Gegengewicht an Leichtigkeit nötig gewesen: Gelächter. Manchmal schien es sogar, als bestünde das wahre Ziel ihres Treibens darin, einander zum Lachen zu bringen – ein gefährliches Ziel, da doch ein anderer wesentlicher Aspekt der war, dass sie auf keinen Fall entdeckt werden durften.

Selbst jetzt – und das war das Bemerkenswerte – steckte in ihm, trotz seiner lässigen und überheblichen Art und trotz des silbernen Zigarettenetuis, ein Lachen, immer noch, und das, obwohl sie ihrer Sucht so listig und gewandt und mit so ernster Miene frönten. Ein Lachen konnte jederzeit aus ihm herausbrechen, unangekündigt, unerklärt, aus seiner eleganten Erscheinung, ein schrilles Lachen, als wäre eine Form zerbrochen.

Aber jetzt war er nackt, da gab es keine Form zu zerbrechen. Und was gab es zu lachen? Es war ihr letzter Tag.

Sie war so schnell wie möglich mit dem Fahrrad von Beechwood nach Upleigh gefahren. Vielmehr hatte sie, da Mr und Mrs Niven noch nicht aufgebrochen waren, darauf geachtet, nicht zu eilig zu wirken oder zu offensichtlich den Weg nach Upleigh einzuschlagen. Am Tor war sie lässig nach rechts gefahren statt nach links. Aber nachdem sie noch zweimal abgebogen war, hatte sie ordentlich in die Pedale getreten.

Dann, sie war schon fast in Upleigh, hatte sie etwas getan, was sie noch nie zuvor getan hatte. Sie war nämlich nicht hintenherum gefahren, durch den Garten, wo sie sonst ihr Fahrrad in den ihr vertrauten Weißdornbüschen versteckte und eilig zu Fuß weiterging. Sondern sie war auf der Straße geblieben und geradewegs durch das Tor geradelt und zwischen Lindenbäumen und den Rabatten mit nickenden Osterglocken über die Auffahrt zum Haus gefahren.

Das war seine Anweisung gewesen, sein Befehl. Zur Eingangstür. Erst als sie durch das Tor radelte, wurde ihr die Außergewöhnlichkeit bewusst, die Einmaligkeit des Geschenks – ja, dies war *ihr* Tag. Zur Eingangstür! Und anscheinend hatte er sie dabei beobachtet, denn kaum hatte sie mit dem Fahrrad beim Eingang angehalten, da öffnete sich die Tür – vielmehr der eine Flügel des imposanten, glänzend schwarzen Portals – wie durch eine wundersame, ihr innewohnende Kraft.

Sie wusste nicht mit Sicherheit, würde aber bald wissen, dass man von seinem Zimmer die Auffahrt sehen konnte. Vielleicht wäre er an dem offenen Fenster im ersten Stock einen Moment sichtbar gewesen, hätte sie den Blick gehoben. Doch dann, als er hinter der sich dem Anschein nach von selbst öffnenden Tür hervortrat, war er plötzlich sichtbar – und sie nannte ihn »Madam« und er nannte sie »klug«. Sie hatte schnell das Fahrrad an die Hauswand gelehnt. Die Halle hinter dem Vestibül hatte einen Fliesenboden im Schachbrettmuster. Dann die Schale mit den Blüten von intensivem Weiß.

»Die kostbaren Orchideen meiner Mutter. Aber wir sind nicht hier, um sie zu bewundern.«

Und er hatte sie die Treppe hinaufgeleitet – oder sie vielmehr mit der Hand auf dem Po nach oben geschoben.

Danach hätte sie vielleicht »Madam« genannt werden müssen, da er, sobald sie das Schlafzimmer betreten hatten, anfing sie auszuziehen, wie er sie nie zuvor ausgezogen hatte – oder wie er nie zuvor die Gelegenheit gehabt hatte, sie auszuziehen. Konnte man streng genommen sagen, dass er sie je »ausgezogen« hatte?

»Halt still, Jay. Bleib stehen.«

Offenbar wollte er, dass sie sich nicht bewegte, sondern stehen blieb, während er langsam alle Knöpfe aufknöpfte, alle Bänder aufzog und die Sachen an ihr herabfallen ließ. So ähnlich war es auch manchmal, wenn Mrs Niven müde war und sie darum bat, ihr beim Entkleiden zu helfen. Nur dass er es, das war unbestreitbar, mit einer Ehrfurcht tat, die sie für Mrs Niven niemals aufbringen konnte. Es war, als würde sie enthüllt. Sie würde das nie vergessen.

»Bleib stehen, Jay.«

Unterdessen konnte sie ihre Blicke durch das bemerkenswerte Zimmer, das sie nie zuvor gesehen hatte, schweifen lassen. Ein Toilettentisch mit einem dreiteiligen Spiegel, auf dem allerlei Dinge lagen, die meisten aus Silber. Ein Sessel mit einem gestreiften Polsterstoff, Gold auf Cremeweiß. Vorhänge mit einem ähnlichen Muster, weit zurückgezogen (während er sie auszog!) und von der Brise leicht bewegt. Ein offenes Fenster. Der Teppich in einem hellen Graublau, wie Zigarettenrauch im Sonnenlicht. Und Sonnenlicht strömte herein. Ein Bett.

»Was hast du da, Jay? Einen versteckten Schatz?«

In den Falten ihrer Kleider hatten seine Finger etwas ertastet.

Eine Halfcrown.

Es war Muttertag 1924. Tatsächlich hatte Mr Niven sie auf dem Fahrrad davonfahren sehen, da er gerade den Humber nach vorn brachte, wo er auf Mrs Niven warten würde. Sie nahm an, dass es meistens Mr Nivens Aufgabe war, Mrs Niven beim Entkleiden zu helfen, wenn sie selbst dazu nicht in der Lage war. Was für ein Wort – »Entkleiden«. Sie vermutete, dass Mrs Niven hin und wieder sagte: »Hilf mir beim Entkleiden, Godfrey!«, in einem anderen Ton, als wenn sie es zu ihrem Dienstmädchen sagte. Oder dass Mr Niven an manchen Tagen in einem noch anderen Ton sagte: »Kann ich dir beim Entkleiden behilflich sein, Clarrie?«

Sie vermutete, dass Mr und Mrs Niven auch jetzt noch gelegentlich … obwohl sie vor acht Jahren zwei »tapfere Jungen« verloren hatten. Aber es war gar keine Vermutung. Gelegentlich sah sie die Spuren. Dann wechselte sie das Laken.

Sie wusste nicht, wie es gerade am Muttertag war, Mutter zu sein und zwei Söhne zu verlieren – offenbar kurz hintereinander. Oder wie es einer Mutter an solch einem Tag ging. Die Söhne würden nicht zu ihr kommen, mit Blumensträußen und Torte.

Aber in zwei Wochen würde Paul Sheringham heiraten, und er war der einzige Sohn, der noch übrig war. Und natürlich würden die Nivens dabei sein. Er war – oh, das wusste er nur zu gut – der Liebling beider Familien.

Jetzt waren Mr und Mrs Niven auf der Fahrt durch den hellen Frühlingssonnenschein nach Henley. Milly war vor ihnen mit dem Fahrrad nach Titherton losgefahren, wo sie den

Zug um zehn Uhr zwanzig nehmen wollte. Und in diesem Haus, Upleigh, war jetzt auch niemand mehr, von ihnen beiden abgesehen, da Mr und Mrs Sheringham – die »Altvordern« – ebenfalls nach Henley aufgebrochen waren, und die Köchin und das Dienstmädchen von Upleigh, Iris und Ethel, von keinem anderem als Paul Sheringham zum Bahnhof in Titherton gebracht worden waren.

Das erzählte er ihr erst jetzt, während er sie auszog, oder vielmehr während sie, gleichsam als Erwiderung, da sie inzwischen in seinem sonnendurchfluteten Zimmer nackt vor ihm stand, anfing, ihn auszuziehen.

»Ich habe Iris und Ethel zum Bahnhof gefahren.«

Eigentlich brauchte er das gar nicht bekannt zu geben. Hatte es mit dem zu tun, was sie gerade taten? Außerdem, dachte sie später, hätte er das nicht zu tun brauchen. An einem Morgen wie diesem hätten Iris und Ethel ohne Weiteres zu Fuß gehen können. Upleigh war noch näher am Bahnhof von Titherton als Beechwood.

Hatte er damit erklären wollen, warum sein Anruf so furchtbar spät kam? Oder ihr versichern wollen, dass das Haus wirklich ganz ihnen gehörte? Da er die Dienstboten höchstpersönlich zum Bahnhof gebracht hatte.

Aber er hatte es in einem für ihn ganz untypischen ernsten Ton gesagt. Als sei es ihm ein Anliegen gewesen, dachte sie später, ihr zu sagen, dass er, der zu überaus gebieterischem Verhalten in der Lage war, sich an diesem besonderen, auf den Kopf gestellten Tag in die untergeordnete Rolle begeben habe. Nicht nur hatte er ihr sein Haus angeboten, ihr eigenhändig die Tür geöffnet, als sie kam, sie dann ausgezogen, als wäre er ihr Sklave, sondern er war auch in anderer Weise den

Dienstboten gegenüber dienstfertig gewesen, hatte sich denen ihres Standes gegenüber freundlich erwiesen.

»Zum Zug um neun Uhr vierzig. Im Ma-und-Pa-Mobil.«

Das inzwischen vielleicht schon in Henley geparkt war. Sein eigenes Auto, das noch in dem als Garage genutzten Stall stand, war ein kleiner Rennwagen mit aufklappbarem Verdeck, in dem nur für zwei Personen Platz war.

Vielleicht machte er das jedes Jahr – fuhr sie jedes Jahr zum Bahnhof. Eine Tradition der Sheringhams. Aber er sagte: »Ich wollte sie richtig verabschieden.«

Richtig verabschieden? Bis zum Nachmittagstee waren sie vielleicht wieder da. Sie fuhren nicht für immer weg.

Oder war das seine indirekte Art zu sagen, er habe für sie dasselbe vor? Er wolle sie richtig verabschieden? In diesem Moment konnte sie kaum genauer darüber nachdenken, denn nachdem er seine Kleidung abgelegt und hastig über den Sessel zu ihren Sachen geworfen hatte, waren sie ohne weitere Umstände zum Bett gegangen.

Doch sie dachte später darüber nach. Ihr Leben lang sah sie das Bild vor sich: die beiden Frauen, ehrfürchtig und stumm auf der Rückbank der großen schwarzen Limousine, und er, der sie wie ein Chauffeur zum Bahnhof fuhr. Vielleicht hatte er ihnen auf dem Bahnhofsvorplatz die Türen geöffnet und aus dem Wagen geholfen und dabei dieselbe liebenswürdige Aufmerksamkeit an den Tag gelegt, mit der er ihr die Kleider ausgezogen hatte. Vielleicht hatten sie sogar gedacht, er würde ihnen beiden einen Kuss geben.

Ihr Leben lang versuchte sie sich das alles vorzustellen, um diesen besonderen Muttertag lebendig zu erhalten, der doch in der Vergessenheit verschwand und dessen Existenzgrund von der Geschichte überholt wurde, ein Brauch aus einer anderen Zeit. Als er sie absetzte, waren die weißen Dampfwolken des herannahenden Zuges nach Reading vielleicht schon am strahlend blauen Himmel sichtbar gewesen. Auf dem Bahnsteig standen vielleicht schon zwei oder drei andere wie Iris und Ethel, die zu einer ähnlichen Fahrt aufbrachen (allerdings war Milly noch nicht darunter, denn sie würde mit dem Zug um zehn Uhr zwanzig fahren).

All die Dienstmädchen. All die Mütter, die ihr bestes Geschirr aus dem Schrank holten. All die Dienstmädchen, die eine Mutter hatten, zu der sie fahren konnten.

Sie kannte das Dienstmädchen in Upleigh. Ethel Bligh hieß sie. Die Arme. Manchmal unterhielt sie sich mit Ethel – gelegentlich begegneten sie sich in Titherton bei Sweetings, dem Lebensmittelladen –, kleine Gespräche, die kaum Gespräche waren und niemals in Klatsch ausarteten. Die Köchin in Upleigh war eine kräftige Person, ähnlich wie Milly, aber Ethel war zierlich, ein bisschen wie sie selbst. Mit einer anderen Ethel hätte sie vielleicht geklatscht – sie beide vor Sweetings Laden, an ihre Fahrräder gelehnt – und womöglich sogar gelacht, vielleicht sogar ein bisschen so, wie sie mit Paul Sheringham lachte.

Aber selbst einer anderen Ethel hätte sie nicht erzählt, was sie mit Mister Paul trieb. Oder aber die andere Ethel hätte es gewusst, es erraten. Oder, auch möglich, diese andere Ethel wäre diejenige gewesen, wäre von ihm gewählt worden, da er mit ihr so bequem unter einem Dach lebte.

Deshalb traf es sich ganz gut, dass Ethel nicht die andere Ethel war, sondern ein gutes kleines Dienstmädchen, das, ohne sich besonders bemühen zu müssen, genau das tat, was von einem Dienstmädchen verlangt wurde: nichts zu sehen, nichts zu hören und, vor allem, den Mund zu halten.

Ethel fuhr möglicherweise in derselben Haltung milder Ergebenheit zu ihrer Mutter, in der sie dereinst Mrs Sheringham ihre Dienste angeboten hatte. Vielleicht waren die beiden nicht mehr voneinander zu unterscheiden.

Gab es zwischen ihr und Iris Klatsch? Mit Sicherheit. Fingen sie im Zug, nach der stummen Fahrt zum Bahnhof, plötzlich an zu reden? Was sollte das jetzt bedeuten? Hatte es damit zu tun, dass er bald heiraten und – sie verlassen würde?

Oder waren sie in noch tieferes Schweigen versunken, weil es ihnen so ungewohnt war, in die Welt zu gehen und daran erinnert zu werden, dass sie ein Leben und sogar eine Mutter hatten? Und hatten sie mit großen Augen die vorbeiziehende, von der Sonne beschienene und mit Lämmern geschmückte englische Landschaft betrachtet?

Während Paul Sheringham sie feierlich auszog.

»Halt still, Jay.«

Und während er sie entkleidete, sagte er, als wollte er eine weitere, nicht gestellte Frage beantworten: »Ich bin beim Büffeln. Jura. Das mache ich gerade – büffeln.« Darauf hätten sie beide lachen können, aber das taten sie nicht. Er sagte es mit solcher Ernsthaftigkeit, so bestimmt, als wollte er sagen, falls sie je gefragt – vernommen – würde, dann sollte sie sagen, das hätte er gemacht, das hätten sie gemacht.

Büffeln – das ging in ihren privaten Kode ein, in ihre nicht enthüllbare Sprache, und stand für so vieles, das nicht gesagt werden konnte. Sie würde den Ausdruck nie leichtfertig hören können, auch in Oxford nicht, wo viel gebüffelt wurde.

Aber das war seine Ausrede gewesen, sein Grund, nicht mit nach Henley fahren zu müssen und das Haus für sich – und für sie – haben zu können. Außerdem war es, als würde er damit tugendhaft geloben, seine künftige Verantwortung ernst zu nehmen. Nach der Hochzeit würden er und Emma Hobday in London leben (das wusste sie, und sie konnte es nur stumm hinnehmen), und er sollte – ungeachtet der Tatsache, dass er frischen Zugang zu »Beute« hatte – einen ehrlichen Menschen aus sich machen und einen ehrlichen Lebensunterhalt verdienen, indem er eine Ausbildung zum Anwalt machte.

Wie sich die Zeiten doch veränderten.

Deshalb würde er auch an diesem herrlichen Morgen sein Einverständnis mit diesem Plan unter Beweis stellen, indem er ernsthaft büffelte. Es sah ihm nicht ähnlich, es entsprach seinem Wesen nicht, aber man konnte wohl kaum etwas dagegen einwenden. Vielleicht – so mochten sie in Henley schmunzelnd mutmaßen – hatte die Erkenntnis, dass es nur noch zwei Wochen bis zur Hochzeit waren, zu diesem Ausbruch von Strebsamkeit geführt.

Dabei wusste er, wusste sie – wusste Miss Hobday es auch? –, dass er genauso wenig die Absicht hatte, Anwalt zu werden, wie sich in einen Salatkopf zu verwandeln.

»Wir sind beim Büffeln, Jay.« Falls jemand fragte.

Trotzdem blieb noch eine Frage unbeantwortet und auch ungestellt. Sie wagte nicht, sie zu stellen, wollte sie nicht stellen. Es musste von ihm ausgehen.

Angenommen, sie würden nicht den ganzen Tag – büffeln –, welche Verabredung hatte er, falls er eine hatte, mit Miss Hobday?

Sie lagen nebeneinander, unbedeckt, schlugen die Asche ab, schwiegen und sahen dem Rauch zu, der von ihren Zigaretten aufstieg und sich unter der Zimmerdecke zu einer Wolke mischte. Eine Weile lang reichte das gemeinsame Rauchen. Sie dachte an die weißen Rauchwolken der Züge. Ihre Zigaretten, die senkrecht zwischen ihren Lippen steckten, waren wie winzige Schlote.

Zu hören war nur das Vogelgezwitscher draußen und die merkwürdig vernehmbare, den Atem stocken lassende Stille des leeren Hauses, der schwache Luftzug, der über ihre Körper strich und sie daran erinnerte, während ihre Blicke zur Decke gerichtet waren, dass sie vollkommen nackt waren. Zwei Fische auf einer weißen Platte, dachte sie. Zwei rosa Lachse auf der Anrichte, die auf Gäste warteten, Hochzeitsgäste sogar, die nie eintreffen würden …

Sie wollte nichts sagen, nichts fragen, nichts tun, was die Möglichkeit, dass dies für immer so bleiben konnte, zerstörte.

Man nannte es »Regenerierung«, dachte sie, ein Wort, das gewöhnlich nicht im Vokabular eines Dienstmädchens vorkam. Inzwischen kannte sie viele Wörter, die nicht in das Vokabular eines Dienstmädchens passten. Auch das Wort

»Vokabular«. Sie sammelte sie, wie die Vögel draußen, die für den Nestbau sammelten. War sie überhaupt ein Dienstmädchen, so wie sie hier lag, ausgestreckt auf seinem Bett? Und war er der »Herr«? Das hier war Magie, die perfekte Politik des Nacktseins.

Mehr als Regenerierung. Frieden.

Mit einer Hand – in der anderen hielt sie die Zigarette – berührte sie zart, ohne hinzusehen, seinen feuchten Schwanz und spürte, wie der sich im selben Moment regte, wie ein schlafender Vogel im Nest. Als hätte sie dergleichen ihr Leben lang getan, eine dem Nichtstun frönende Herzogin, die einen Welpen streichelt. Noch vor wenigen Augenblicken hatte diese Hand eine Messingstange des Bettgestells – dieses Bettes, in dem sie nie zuvor gelegen hatte – umfasst, während die andere Hand auf sein Steißbein gedrückt hatte, und die Finger sich in sein Kreuz gebohrt hatten, mit festem Druck, da wo sein Schwanz an der Wirbelsäule wurzelte. Sie befehligte ihn – welcher Befehl konnte stärker, eindringlicher sein? Aber zuvor hatte er den Befehl gegeben: Zur Eingangstür.

Jetzt schien es, als wäre das, was sie eben gemacht hatten, selbst eine Öffnung in die höchste Region vollständiger, beidseitiger Nacktheit.

Frieden. Das traf jetzt auf alle Tage zu, es war die banale Wahrheit eines jeden Tages, aber heute war es wahrer als an anderen Tagen: Nie hatte es einen Tag wie diesen gegeben, nie wieder würde oder konnte es einen solchen geben.

Ihre Zigarette war fast heruntergebrannt. Sie stellte den kleinen Aschenbecher – ihr Vorrecht, sicherlich – auf das Stück Laken zwischen ihnen. Es war ihr Bauch, hätte sie vielleicht gesagt, kein Tisch, und sie wollte nicht, dass er ihre Zigarette darauf ausdrückte – auch wenn es ihr vielleicht gefallen hätte. Und sie würde sich erinnern, wie das kühle Metall des Aschenbechers sich auf ihrem Bauch angefühlt hatte.

Dann wünschte sie sich, sie wäre nicht so mäklerisch oder anmaßend gewesen und hätte gar nichts gemacht.

Er nahm seine Zigarette aus dem Mund und hielt sie einfach in der Hand, senkrecht gegen seinen Bauch.

»Ich muss mich um halb zwei mit ihr treffen. Im Swan Hotel in Bollingford.«

Zwar rührte er sich nicht, aber es war, als wäre der Zauber durchbrochen. Dabei war es nur das, womit sie hatte rechnen müssen. Allerdings dachte sie, vielleicht sei sie durch eine wundersame Fügung an dem »müssen« vorbeigekommen. Der Rest des Tages? Ein Teil konnte nicht (oder doch?) für immer dauern. Das Bruchstück eines Lebens konnte nicht das Ganze sein.

Sie regte sich nicht, aber möglicherweise war sie innerlich verändert. Als wäre sie, wenn auch unsichtbar, wieder vollständig bekleidet, hätte wieder die Rolle des Dienstmädchens angenommen.

Aber auch er regte sich nicht, als würde er mit seiner Unbeweglichkeit das Gesagte konterkarieren, es Lügen strafen. Er musste die Verabredung nicht einhalten, oder? Wer verlangte das? Er musste nichts tun, wenn er nicht wollte. Er konnte einfach hier liegen bleiben und nichts damit zu tun haben.

Und »sie«, nicht »Emma«. Wie eine Ablehnung, die sie gemeinsam hatten. Und »ich muss«.

Auch seine Zigarette war fast heruntergebrannt.

Er bewegte sich nicht, sie sich auch nicht, als hätte er nicht gerade gesprochen. Oder andersherum, als würde die kleinste Bewegung ihrerseits oder gar ein Laut, ein Wort, das Gesagte wirklich machen und ihn auf die Konsequenzen festlegen.

Schließlich stand es ihr nicht zu, wieder mit ihrer Geisteruniform bekleidet, etwas zu sagen oder einen Vorschlag zu machen oder etwas anderes zu tun als abzuwarten. Das hatte sie in Jahren des Trainings eingeübt. Die Herrschaften waren Stimmungen und Launen unterworfen. Einen Moment konnten sie nett sein, und im nächsten … Aber wenn sie einen anherrschten, musste man springen. Oder einfach weitermachen, die Ruhe bewahren, sich nicht irre machen lassen. Jawohl, Sir, jawohl, Madam. Und immer musste man – das war der eigentliche Trick – damit rechnen.

Dann kam ihr der Gedanke, das Ganze könnte auch andersherum sein. An diesem auf den Kopf gestellten Tag. Hier lag sie, mit ihm in seinem Zimmer, wie seine Frau, und er besprach mit ihr ungerührt, ob er seine anstrengende Braut treffen solle. Es gab Paare, Paare seines Standes, die so etwas tun würden. Und war es im Grunde nicht genau so? Noch war er nicht verheiratet. Weder mit ihr noch mit Emma. Sie und Emma Hobday waren einander gleich gestellt.

Er sagte nichts weiter, als würde die Länge des Schweigens nach seiner Bemerkung, die ja Pünktlichkeit zu verlangen schien, alles gleich wieder ausstreichen. Und er war durchaus imstande, solche Konventionen mit Missachtung zu strafen. Das eine haben und das andere nicht lassen wollen. Er war nicht unaufrichtig gewesen, das nicht. Er hatte sich nur nicht daran gehalten. So war er: Er verstieß gegen die Regeln, aber er machte keine Ausflüchte.

Außerdem hatte er Ethel und Iris zum Bahnhof gefahren.

Und sie würde nicht wie eine bemerkenswert langmütige Ehefrau sagen: »Dann müsstest du wohl langsam los.« Wollte er, dass sie das sagte?

Sein anhaltendes Schweigen konnte ihre Macht – oder ihre Willfährigkeit – erhöhen. Aber der Zeitpunkt verstrich, zu dem er hätte sagen können: »Aber wir haben doch den ganzen Tag, Jay, was meinst du?« Während er seine Hand dorthin gelegt hätte, wo eben noch der Aschenbecher gestanden hatte. Oder ein bisschen tiefer.

Es musste geschehen. Er würde sich mit Emma Hobday treffen und mit ihr zum Lunch gehen, und vielleicht würde er später am Tage das mit ihr tun, wozu er berechtigt war. Falls die Dinge zwischen ihnen so standen. Er könnte sie sogar hierherbringen. In dieses Zimmer. Sie hatte nicht gefragt, wann seine »Altvorderen« zurückkommen würden. Das war seine Angelegenheit. In Henley hatte sich die Gesellschaft wahrscheinlich noch nicht zum Lunch gesetzt.

Und jetzt, da sein eigener Plan für Lunch in der Luft zwischen ihnen schwebte, obwohl ihre Kleidung noch durcheinander auf dem Sessel lag, verstrich ihr gemeinsamer Moment. Er hatte nicht mehr viel Zeit.

Moment? Das war ein engherziges Wort. Stunde? Tag? Geschenk? Die Zeit verstrich, so wie der Tag, der seinen höchsten Punkt überschritten hatte. Er musste auf die kleine Uhr oder auf seine silberne Armbanduhr gesehen haben, als er die Zigaretten geholt hatte.

Aber da war außerdem die unabwendbare Wahrheit, dass es auch gar nicht dazu hätte kommen können. Und dafür sollte sie dankbar sein, ewig dankbar. »Ich wollte sie richtig verabschieden.« Sie wäre mit dem Fahrrad in Berkshire herumgefahren.

Und mit derselben List hätte er »sie« herholen können. Er hätte bei den Hobdays anrufen können. »Sie« hätte ähnlich raffiniert und täuschend mit ihm sprechen können. Sprachen sie so miteinander? Und hätte hier vorfahren können, auf knirschendem Kies, in ihrem Auto. Dem Emmamobil. Sie könnte jetzt hier sein.

Aber das konnte sie sich nicht vorstellen. Ihr geblümtes Kleid auf dem Sessel, ihre seidene Unterwäsche. Nein, sie war diejenige, die hier lag, und sollte sie dafür nicht dankbar sein? Selbst wenn er später neben der anderen hier lag. Zwei an einem Tag. War das möglich? Im Swan um halb zwei. Sie konnte es sich nicht vorstellen.

Ein anderer Gedanke rumorte in ihrem Kopf, nämlich wenn die Ehe tatsächlich arrangiert war, dann beinhaltete das »Arrangement« möglicherweise, dass seine zukünftige Frau makellos sein musste, eine unberührte Jungfrau, als würde er eine Vase heiraten. Und so unwahrscheinlich das auch war – dass *er* sich mit einer Vase verloben würde –, so musste in diesem Gedanken doch ein Körnchen Wahrheit stecken, oder es musste einen anderen Grund geben, der den Mangel an Begeisterung für die bevorstehende Ehe erklärte. Oder es war die einfache Tatsache, dass er mit *ihr* hier im Bett lag.

Nach weiteren Minuten reiner Stille und fast trotzender Reglosigkeit richtete er sich mit einem übermäßigen Einsatz seiner Gliedmaßen auf. Die ganze Matratze schwankte wie ein Boot. Er hielt den ins Rutschen geratenen Aschenbecher fest und drückte seine Zigarette heftig darin aus.

In dem Moment, als sie ein Knie anzog, um das Schwanken abzufangen, spürte sie das Rinnsal zwischen ihren Beinen: sein Samen, zusammen mit ihrer eigenen Nässe, tröpfelte aus ihr heraus. Sie kannte außer »Samen« auch andere Wörter, aber ihr gefiel Samen. Es hätte jederzeit passieren können, aber weil es jetzt passierte, während sich gleichzeitig eine Traurigkeit ausbreitete, schien es wie eine plötzliche Erwiderung. Jetzt könnte er sich nicht so leicht mit der anderen hier vergnügen, später, mit der Blumigen, falls er das vorgehabt hatte.

Es sei denn, er würde sie gleich auffordern – schließlich war sie ein Dienstmädchen, wenn auch nicht seins –, die Bettwäsche zu wechseln.

Der Vorgang war primitiv. So machten es die Tiere, die weder ein Ehegelübde ablegten noch Bedienstete hatten. Sie markierten ihr Territorium.

Und jetzt, da er aufgestanden und die Entscheidung so gut wie getroffen war, würde sie nicht sagen: »Bitte geh nicht. Verlass mich nicht.« Sie gehörte nicht zu der Welt der Oberen, wo sich solche Dramen abspielten. Für dergleichen hatte sie ohnehin nur blanke Verachtung. Als könnte sie nicht – aber sie war nicht seine Frau, es war alles andersherum – eine andere Sprache benutzen, die stiller, aber heftiger war. Oder einfach einen zielgerichteten Blick.

Abgesehen von alldem tröpfelte es zwischen ihren Beinen.

Er ging durchs Zimmer. Vielleicht wollte er nur auf die Uhr sehen. Noch einmal konnte sie ihn in seiner ungebührlichen Nacktheit betrachten. Ja, unbekleidet bewegte er sich ganz anders, er bewegte sich wie ein Tier.

Beim Toilettentisch drehte er sich um und sah sie an, die Uhr hatte er jetzt in der Hand. Sie hatte sich nicht gerührt, hatte nicht gewagt, sich zu rühren. Da war nur das angezogene Knie, theoretisch eine Ermunterung, und ihre eigene unverhohlene Nacktheit, die ihn umstimmen konnten. Er betrachtete sie, auch diesmal in seiner Betrachtung wie in der eigenen Zurschaustellung ohne Scham. Sein Schwanz hing herab, war jetzt etwas voller als zuvor. Und dann zog er mit vertrauter Geste die Uhr auf, machte es blind, während sein Blick auf ihr ruhte.

»Noch nicht ganz Viertel vor. Wenn ich mich beeile, müsste ich es schaffen. Wir treffen uns auf halbem Wege. Im Swan. Sie kennt die Leute da. Es war ihre Idee.«

Als wüsste sie, das Dienstmädchen von Beechwood, wo das Swan Hotel in Bollingford war oder wie lange man für die Autofahrt dorthin brauchte. Aber die Lunch-Gesellschaft in Henley, die wüsste es? Die jungen Leute trafen sich zu ihrem eigenen, privaten Lunch. Dagegen war nichts einzuwenden. Nachdem er den Vormittag so löblich über seinen Jurabüchern verbracht hatte.

Allerdings war da noch die Kleinigkeit, dass er sich ankleiden musste, dass er sich präsentabel, seine äußere Erscheinung wieder zusammensetzen musste. Damit schien er es nicht eilig zu haben. Er betrachtete sie, seine Augen wanderten an ihr auf und ab. Den kleinen Fleck zwischen ihren Beinen müsste er bemerkt haben.

Sie hatte an ihm nie, auch dann nicht, wenn er tatsächlich in Eile war, Zeichen von Hast oder Nervosität bemerkt. Außer damals – aber das schien plötzlich sehr lange her –, als es der jugendliche, ununterdrückbare Drang war. Manchmal hatte sie zu ihm gesagt: »Nicht so hastig.« Sie hatte sogar gesagt, als hätte sie jede Menge Erfahrung: »Langsamer ist besser.«

Inzwischen hatten sie jede Menge Erfahrung. Er hatte es nie mit jemand anderem besser gehabt. Sie auch nicht. Das lag in dem Blick, mit dem er sie betrachtete. In dem Blick, den sie zurückgab.

Es fiel ihr schwer, während sie ihn ansah, die Tränen zurückzuhalten, dabei wusste sie, Tränen zuzulassen wäre ein Scheitern. Sie musste tapfer sein, großzügig, unbarmherzig mit diesem letzten Geschenk, das sie ihm von sich selbst machte.

Würde er sie je vergessen, so, auf dem Bett ausgestreckt?

Er war wirklich nicht in Eile. Die Sonne kam zum Fenster herein und beschien ihn. Ein, zwei Schattenstreifen verliefen quer über seinen Körper. Er hatte die Uhr fertig aufgezogen. Die bevorstehende Autofahrt müsste er unglaublich schnell schaffen.

Sie wusste nicht, wie er diese Selbstsicherheit erworben hatte. Später, wenn sie zurückblickte, wunderte sie sich darüber und empfand es fast als beängstigend, dass er sie damals besessen hatte. War es etwas, das Menschen seines Standes zustand? Ein Geburtsrecht. Gehörte es zu jemandem, der sonst nichts zu tun hatte? Außer selbstsicher zu sein. Aber das würde einen doch sicherlich mit Unsicherheit erfüllen. Andererseits, wenn er Anwalt würde, einfacher Anwalt – sie konnte sich in ihn hineinversetzen, sah ihn in einem dunklen, einengenden Anwaltsanzug –, könnte ihn das seiner Selbstsicherheit berauben.

Einen Moment lang hatte sie den verrückten Gedanken: Angenommen, sie – Emma, Miss Hobday – käme, um ihn abzuholen. Angenommen – es war ja 1924, das moderne Zeitalter war angebrochen – sie hätte sich in den Kopf gesetzt, in ihrem Auto herzukommen und ihn abzuholen. Um ihn zu überraschen, ihn von seinem »Büffeln« zu erlösen. An diesem herrlichen Tag. Reifen auf dem Kies. Ihre blumige Stimme – mit ein bisschen Pferd vermischt – von draußen rufend, als sie das geöffnete Fenster sah, denn sie wusste, dass dies sein Zimmer war.

»Ich bin gekommen, um dich abzuholen, Paul! Wo bist du?«

Was dann? Sie bezweifelte nicht, dass er die Situation selbstsicher und gewandt gehandhabt hätte. Auch nur mit Siegelring bekleidet. Und zum Fenster gegangen wäre. »Emsie, Darling! Was für eine Überraschung! Sekunde, ich streif mir schnell ein Hemd über.«

Und wie hätte sie, das Dienstmädchen der Nivens im Haus der Sheringhams, die Situation gehandhabt?

Auf dem Toilettentisch neben ihm lagen all die anderen Utensilien seines Lebens, mit sentimentalem Wert oder zweckmäßiger Funktion, je nachdem, jedes wie sein unbedeckter Schatz. Haarbürsten und Kämme. Manschettenknöpfe und Kragenknöpfe in Schachteln. Fotos in Silberrahmen. Überhaupt viel Silber, von Ethel glänzend gehalten. Dienstmädchen mussten ständig den Staub um solche Objekte herum wegwischen und sie außerdem putzen und darauf achten, dass keins von seinem angestammten Platz entfernt wurde. Jedoch allemal leichter als der Toilettentisch einer Frau.

Wenn man mit solchen Dingen aufgewachsen war, solchen persönlichen Attributen, vielleicht war es dann leicht, selbstsicher zu sein. Ganz abgesehen von dem Inhalt seines Kleiderschranks im Ankleidezimmer nebenan – sie hatte einen kurzen Blick hineingeworfen, als er sie ins Zimmer schob. Die ganze Auswahl auf Bügeln. Und abgesehen von all den anderen Sachen überall im Haus.

Alles, was ihr gehörte und was sie zum Anziehen hatte, konnte in einen Karton gepackt werden. Falls sie einmal eilig aufbrechen musste, und das könnte jederzeit nötig sein, dann ginge das.

Aber es waren die kleinen Schmuckstücke, die ihm jetzt wichtig waren, der Zierrat der männlichen Ausstattung, der ihm Bestätigung gab. Der Siegelring, die Taschenuhr. Die Manschettenknöpfe. Später, als er angezogen war und bevor er ging, steckte er noch das monogrammierte Zigarettenetui und das Feuerzeug ein. Er fuhr sich mit der Bürste durchs Haar, benutzte den Schildpattkamm. Sicherlich waren seine beiden Brüder mit einer Auswahl solcher Dinge im Gepäck, alles neu und zur Hebung der Moral erworben, nach Frankreich gefahren, von wo sie nie mehr zurückkehrten. Rasierpinsel mit Elfenbeingriff, solcherlei Dinge. Jetzt standen sie, die Brüder, auf dem Toilettentisch, silbergerahmt. Sie hatte sie gleich beim Betreten des Zimmers bemerkt. Das mussten Dick und Freddy sein. Beide mit Offiziersmützen. Sie hatte sie nicht gekannt. Wie auch?

Ihr Blick war dorthin gewandert, als er sie entkleidete.

Auf bloßen Füßen ging er ins Bad. Nur mit dem Siegelring bekleidet. Er verweilte dort nicht lange. Er musste sich nur waschen, frisch machen, was immer Männer taten. Also, alle unmittelbaren Spuren von ihr an seinem Körper entfernen. Darüber würde sie später nachdenken.

In seiner kurzen Abwesenheit schien das Zimmer näher an sie heranzurücken, sie zum Teil des Mobiliars zu machen. Sie rührte sich nicht. Ja, sie lag wie ein lebloses Objekt da, obwohl ihr Fleisch warm und lebendig war. Er hatte ihr kein Zeichen gegeben, dass sie aufstehen *sollte* – da er aufgestanden war, war es vielleicht schicklich, dass sie das auch tat. Eher das Gegenteil. Er war nicht überrascht, als er wieder ins Zimmer kam und sah, dass sie auf dem Bett liegen geblieben war. Anscheinend hatte er das erwartet, wollte, dass sie da noch lag.

Von ihm ging ein Duft aus, der ihr gefiel, nur dass er den süßeren Geruch seines Schweißes überdeckte. Auch darüber würde sie später nachdenken: dass er Duftwasser benutzte. Aber immer noch war er nackt und hatte offenbar keine Eile. Aus dem Ankleidezimmer hatte er ein frisches weißes Hemd, eine hellgraue Weste und eine Krawatte mitgebracht, aber anscheinend sollte der Rest seiner Ausstattung aus dem bestehen, was er zuvor auf dem Sessel abgelegt hatte. Er hätte sich im Ankleidezimmer anziehen können, nur war es vielleicht seine Gewohnheit, sich beim Licht des Fensters anzukleiden, neben dem Toilettentisch mit dem Dreifachspiegel. Das Ankleidezimmer war lediglich sein Schrank.

Aber es hatte den Anschein, dass er, obwohl er bald gehen würde, nicht von ihr getrennt sein wollte. In gewisser Weise fand das alles für sie statt – sie sollte ihm beim Anziehen zusehen und erleben, wie seine Nacktheit allmählich verschwand. Oder vielleicht war es ihm wirklich gleichgültig. Die Selbstsicherheit, der Dünkel, die unerklärliche Abwesenheit von Eile. Sollte sie auch gehen? Aber er sagte nichts, und sie blieb liegen, als hätte er es so befohlen, und seine Augen wanderten wieder über sie hinweg, während er sich anzog.

Er musste den feuchten Fleck bemerkt haben. Aber es gehörte zu seiner feinen Nonchalance, ihn nicht zu beachten. So war es auch mit der Kleidung, die er in einem Haufen auf dem Fußboden liegen ließ, von wo sie, gewaschen und gebügelt, wieder in sein Ankleidezimmer fand. Diese Dinge wurden diskret von Menschen erledigt, die dafür zuständig waren, sie zu erledigen. Sie war eine von denen, normalerweise. Sie gehörte zu der stillen Armee, die solche Nonchalance gestattete. Würde er sie, bevor er ging, auffordern, die Unordnung zu beseitigen? Und ihr Gelegenheit zu der billigen Bemerkung geben, dass sie nicht *sein* Dienstmädchen war?

Aber sie erkannte, dass ihm, so wie er sie ansah – und bestimmt auch den kleinen Fleck bemerkte –, eine hässliche Szene dieser Art nicht vorschwebte. Eine andere Gleichgültigkeit war der Grund für seine sorglose Haltung gegenüber einer geringfügigen Sache wie einem Fleck auf dem Laken. War es überhaupt ein Fleck, den man entfernen sollte? So wie sie sich aus seinem Bett entfernen sollte – und sie war kein Fleck. Ja, er *wollte*, dass sie da war, wohingegen sie in einem anderen Leben, in einer gewöhnlicheren und komischen Geschichte, schon die Treppe hinuntereilen und sich dabei noch die Kleidung richten würde. Es war sein Wunsch, sie dort zu sehen, bevor er ging, sie dort zu haben, nackt und – wer weiß etwas? – bewegungslos in seinem Zimmer, damit sich das Bild von ihr in seinem Kopf einbrennen konnte, unauslöschlich, während er unterwegs zu dem Treffen war – mit seiner Vase.

Sie blieb dort liegen und tat so das Richtige, das Beste. Das verstand sie, während sie gleichzeitig auch verstand, dass ihr Liegenbleiben seine Botschaft eingebüßt hatte, die Bitte, er möge nicht gehen. Er würde gehen, das stand fest. Und er wollte, aus einem Grund, den sie nicht erfasste, dass sie ihm bei der Zeremonie des Ankleidens, dem Wiederanlegen dessen, was sein Leben war, zusah, während sie gleichzeitig ihre Nacktheit zur Schau stellte.

Warum ließ er sich so viel Zeit?

Inzwischen war das Zimmer mit so viel Licht und so viel für die Jahreszeit ungewöhnlicher Wärme gefüllt wie nur irgend möglich. Der Minutenzeiger auf seiner Uhr musste auf die Eins zugehen, vielleicht schon drüber sein. Die dunkle Linie auf der Sonnenuhr im Garten von Beechwood – wo sie in diesem Moment mit einem Buch auf dem Schoß hätte sitzen können – wäre weitergewandert. Die Zeit auf der kleinen Uhr auf dem Toilettentisch, die von den beiden Brüdern rechts und links bewacht wurde, konnte sie nicht lesen.

Hatte es je einen Tag wie diesen gegeben? Konnte es jemals wieder einen Tag wie diesen geben?

Ethel würde sich, das wurde ihr klar, um den Fleck kümmern müssen. Ethel, die in diesem Moment, stellte sie sich vor, in einem Haus saß, in dem es nach teurem Rinderbraten roch – bei dieser Wärme! Da hätte es auch ein kalter Schinkenbraten getan. Auf dem Platz, den ihre Mutter ihr zugewiesen hatte, und ohne zu helfen. Schließlich war es ihr freier Tag. Heute war alles anders und besonders. »Geh und unterhalte dich mit deinem Dad, Ethel.« Falls Ethel noch einen Dad hatte, einen Dad, der heil geblieben war. In diesen wenigen Stunden des Beisammenseins zu Ehren der Mutter würde Ethels Mutter in der Küche schuften, und Ethels Eltern würden eine Woche lang von Brot und Margarine leben.

Aber wenn Ethel gegen Abend zurückkam – und auch die »Altvordern« wieder da waren, erfrischt und zugleich ermüdet von ihrem sonnigen Ausflug und der Aufmerksamkeit bedürftig –, müsste sie das Bett in Mister Pauls Zimmer frisch beziehen, weil sie es auf Grund ihrer Abwesenheit nicht eher hatte tun können, und dann würde sie den Fleck bemerken. Falls sie ihn bemerkte, denn es war ihre Aufgabe, dergleichen zu bemerken und dann so zu tun, als wäre da nichts gewesen.

Auch Ethel, die erst vor wenigen Stunden, königlich bedient, Braten gegessen hatte, wüsste, was für ein Fleck das war. Für Menschen ihres Standes war es ein gewöhnliches Vorkommnis in Schlafzimmern. So gewöhnlich, dass Bedienstete in ihrem Quartier von »Vorkommnissen« sprachen. Es gab noch andere Ausdrücke, manche mehr, manche weniger erfinderisch, einer davon war »Landkarte der Britischen Inseln«. Müsste man in einem sachlichen Diskurs darüber sprechen, würde man von »nächtlichen Ergüssen« sprechen – was nicht unbedingt alle Umstände berücksichtigte und ein neues Dienstmädchen von sechzehn

Jahren nicht vollends ins Bild setzte. Kleine Jungen – nicht mehr so kleine Jungen – hatten nächtliche Ergüsse, die, ungeachtet der Tatsache, dass man sie auch unauffälliger haben konnte, rasch beseitigt werden mussten.

All das hatte sie für sich herausgefunden, bevor sie nach Beechwood kam und als sie im Rahmen ihrer »Ausbildung« auf Probe in ein großes Landhaus geschickt worden war, wo während des Sommers zusätzliche Bedienstete gebraucht wurden. Dort waren fünf Dienstmädchen gewesen, und, meine Güte, wie manche von ihnen geredet hatten!

Es gab die unterschiedlichsten Ergüsse, die nicht unbedingt im Alleinsein (auch nicht unbedingt nachts) verursacht wurden, und die meisten Dienstmädchen konnten mittels ihrer Beobachtungsgabe die Unterschiede feststellen und manchmal, in einer weiteren Anwendung ihrer Beobachtungsgabe, Schlussfolgerungen ziehen, wie genau die Ergüsse zustande gekommen waren. Aber darüber durfte man keinesfalls sprechen, das durfte nicht offen erwähnt werden. Allerdings gehörte es zu dem, was die Arbeit eines Dienstmädchens interessant machte. All die Flecken, die verschiedenen Varianten. Eine Sommergesellschaft, bestehend aus vierundzwanzig Gästen. Meine Güte!

Auch Ethel war zu Erkenntnissen und Schlussfolgerungen gelangt, selbst wenn sie steif und fest behaupten würde, so etwas sei bei ihr noch nie vorgekommen. Und Ethels Schlussfolgerung wäre gewesen, dass in der Zeit, in der das Haus (angeblich) leer war, Mister Paul die Gelegenheit genutzt hatte, um Miss Hobday, seine Verlobte, in seinem Zimmer zu empfangen. Aus dem einfachen Grund, vermutlich, dass sie das tun konnten und niemand es ihnen vorhalten würde. Mal abgesehen davon, dass sie auch hätten warten können. Noch zwei Wochen, und sie müssten keine solchen Verrenkungen machen. Und weiterhin abgesehen davon, was das über Miss Hobday aussagte (über Mister Paul wurde nicht so gesprochen).

Es stand Ethel nicht zu, eine Meinung zu äußern. Weiteren Beobachtungen sowie den geflüsterten und an sie herangetragenen Erkenntnissen hätte Ethel eines über Miss Hobday entnehmen können: Dass Mister Paul sie nicht mit dem Vorsatz, sie zu entjungfern, nach Upleigh einladen würde. Jedenfalls würde Ethel annehmen, wenn sie die Laken vom Bett abzog, dass Mister Paul, falls er den Fleck überhaupt zur Kenntnis genommen hatte, genau wusste, dass Ethel, die gute Fee, ihn zum Verschwinden bringen würde.

Nur dass sich im Zuge der Ereignisse die ganze Situation – die Atmosphäre, die Bedürfnisse des Haushalts – völlig verändert haben würde. Mit Sicherheit würde es niemanden interessieren, falls es je jemanden interessiert hatte, ob Ethel ein paar schöne Stunden bei ihrer Mutter verbracht hatte. Und auf jeden Fall hätte Ethel die Laken schon abgezogen gehabt.

Nie zuvor hatte sie einem Mann beim Ankleiden zugesehen. Natürlich hatte sie sich auf intimste Weise mit männlichen Bekleidungsstücken zu befassen, außerdem hatte sie sich damals, in dem Sommer bei der Sommergesellschaft, in kürzester Zeit mit der erstaunlichen Auswahl von Kleidungsstücken, die ein Mann besitzen konnte, und mit deren komplizierten und raffinierten Aspekten vertraut gemacht. Und natürlich war sie oft und an den merkwürdigsten Orten (Stall, Gewächshaus, Gartenhaus, Schuppen, Wäldchen) an Paul Sheringhams Bekleidung, wie er sie am Körper trug, gegangen, unter der Bedingung selbstverständlich – oder vielmehr in der Annahme –, dass er an ihre gehen durfte.

Als Erstes zog er das saubere weiße Hemd an, das er aus dem Ankleidezimmer geholt hatte. Um es anzuziehen – besser überzustreifen –, hielt er es hoch und ließ es über seinen Kopf gleiten, wie eine Frau einen Unterrock. Sie war erstaunt, dass zuerst das Hemd drankam. Aber bei jedem Ankleidevorgang musste es eine Mischung aus persönlicher Vorliebe und festgelegter Ordnung geben. In »der guten alten Zeit« hätte es einen Butler gegeben, der ihn ankleidete. So wie sie heute noch zu Mrs Niven gerufen werden konnte, um ihr beim An- oder Entkleiden behilflich zu sein.

Bei Leuten seines Standes bedeutete Anziehen nie, dass man sich schnell etwas überzog. Es war immer das feierliche Erstellen eines Gesamtbildes. Dabei hatte er unter den gegebenen Umständen jeden Grund, so schnell wie möglich in die Sachen zu steigen. Ein anderer Mann in einer anderen Geschichte hätte vielleicht gesagt, während er wild an den Dingen zog und zerrte: »Himmel, Jay, jetzt muss ich mich aber sputen.«

Also zuerst das Hemd. Das überraschte sie. Denn das bedeutete einen sofortigen Verlust von Würde, und Würde war genau das, was er in seiner Verweigerung von Eile doch unbedingt zu wahren gedachte. Das war sein Trick, dachte sie später, Paul Sheringhams bester Trick: den Würdeverlust mit solcher Verachtung zu strafen, dass er ihm nie ausgeliefert war. Wie oft hatte er mit ihr zusammen seine Würde verloren und wiedergefunden. Aber ein Mann, nur mit einem Hemd bekleidet, war sofort eine komische Figur, und wäre dies eine andere Geschichte, hätte sie womöglich gelacht.

Sie vermutete, dass es zwischen zwei wesentlichen Möglichkeiten zu wählen gab: Entweder wurde das Hemd in die wartende Hose gestopft, oder die Hose über das wartende Hemd gezogen. Beide Varianten hatten vermutlich Vorzüge. Aber so sah er einen Moment lang aus wie ein Clown oder, statt wie ein Mann, der im Begriff war, der Welt (und einer aufgebrachten Verlobten) gegenüberzutreten, wie ein übergroßer Junge, der ins Bett gehen sollte.

Früher einmal hatte es das gegeben, dachte sie. Ein Junge in einem Nachthemd. Einmal hatte er ihr – einer der seltenen Momente, in dem sich die Tür zur Vergangenheit öffnete – von Nanny Beck erzählt, die das Haus verlassen hatte, als er ins Internat geschickt wurde. Früher hatte er eine Nanny gehabt, die ihn an- und auszog, alle drei Brüder hatten das gehabt.

Und auch das war merkwürdig: eine Nanny, eine Ersatzmutter. Um fünf Uhr präsentierte sie die Kinder den Eltern, wie die Köchin einen Kuchen. Und wo war Nanny Beck jetzt? Wahrscheinlich in einem anderen Haushalt. Oder bei ihrer Mutter.

Sie lachte nicht über sein Hemd. Es hätte auch nett sein können zu lachen, aus ihrer günstigen Lage auf dem Bett. In einer anderen Welt, in einem anderen Leben hätte das vielleicht zu ihrem gewöhnlichen, beiläufigen Umgang miteinander gehört. Aber so war es nicht. Sie hätte eine verwöhnte Ehefrau in einem Zimmer in London sein können, die zusah, wie ihr Mann beim Anziehen zu der Witzgestalt eines Anwalts wurde.

Sie hatten eine ganze Weile nicht gesprochen. Vor nicht langer Zeit hatten sie keuchende, stöhnende Tiergeräusche von sich gegeben. Jetzt schien es, als wären sie gemeinsam in eine schmaler werdende Lücke der Existenz getreten, in der sich die Verständigung allein durch »Körpersprache«, wie sie es erst später im Leben zu nennen lernte, vollzog. Nur ihr Körper sollte sprechen. Sie wollte nichts verfälschen oder auslöschen, indem sie törichterweise Sprache verwendete. Und auch das sollte in ihrem späteren Leben fortwährend eine berufliche Zwickmühle sein.

Es schien, als wären die Wörter, die sie sprechen konnten, von zerstörerischer Banalität. Während er sich ja mit solchen Banalitäten wie Unterhose und Socken befasste.

Trotzdem putzte er sich heraus. Das frische weiße Hemd. Es war ein förmliches Hemd. Es würde einen Kragen benötigen. Es war nicht einfach ein sauberes Oberhemd mit weichem Kragen, das für einen Sonntagsausflug geeignet wäre, für eine Ausfahrt im Auto mit heruntergeklapptem Verdeck. Es war – selbst damals galt die Idee schon als altmodisch – sein »Sonntagshemd«. Sie sah zu, wie er sich in aller Ruhe und Besonnenheit mit Manschettenknöpfen – kleinen Silberovalen, die in der Sonne blinkten – abgab, mit

Kragenknöpfen und dem halbsteifen Kragen. Er hatte eine Krawatte mitgebracht, in zurückhaltendem, aber glänzendem Schieferblau mit kleinen weißen Punkten. Er wählte eine Krawattennadel aus. Sollte das tatsächlich ein echter kleiner Diamant sein? Sein Kinn war glatt – das hatte sie gefühlt – und wurde jetzt mit Rasierwasser betupft.

Es war, als würde er sich für seine Hochzeit anziehen. Aber es war noch nicht so weit – noch nicht. Er würde sich lediglich mit seiner zukünftigen Frau zum Lunch an der Themse treffen. Und wenn er, was jetzt unvermeidbar schien, ernstlich verspätet eintraf, was würde ihm dann der ganze feine Staat nützen?

Er hatte die Krawatte sorgfältig gebunden, hatte die Enden auf ihre Länge geprüft, bevor er sie mit der Nadel befestigte, und das alles ohne Hose. Sie lachte nicht, konnte nicht lachen. Doch später schien es ihr, dass sich alles um dieses Stück absurden Theaters gedreht hatte. Sobald er die Hose angezogen hatte, war alles verloren. Wenn sie doch nur zu ihm gesagt hätte, ihn angeschrien hätte: »Zieh sie nicht an!«

Aber jetzt ging er wieder in das Ankleidezimmer und verweilte dort (glaubte er, die Zeit sei stehen geblieben?) mehrere raschelnde Minuten lang, kam heraus, hatte Hose, Jackett und Schuhe angezogen und sogar ein Einstecktuch mit demselben Muster wie auf der Krawatte in der Brusttasche.

Hatte es also damit zu tun gehabt, dass er sich nicht für die richtige Hose entscheiden konnte – die, die er auf den Sessel geworfen hatte, oder die, die im Ankleidezimmer hing? Sie würde es nie wissen. Sie würde nie sagen, nie sagen *können*: »Du hast aber lange gebraucht, um die Hose auszuwählen«, worauf er eine kleine Bemerkung machen oder eine erklärende Antwort hätte geben können.

»Ah, da hast du recht, Jay. Das stimmt.«

Überhaupt, was für ein groteskes Wort: »Hose«.

Da stand er, vollständig angezogen. Er steckte das Zigarettenetui und das Feuerzeug ein. Das Einzige, was fehlte, vielleicht, war eine Blume im Knopfloch. Unten in der Halle standen die weißen Orchideen. So konnte er tatsächlich zu seiner Hochzeit gehen. Die Hochzeit war nicht heute, aber er setzte ein Signal, und vielleicht war es bei der sorgfältigen Ausstaffierung darum gegangen: Er machte sich auf den Weg – so war es doch? – zu seiner Hochzeit. Sie spürte einen Stich der Eifersucht gegen die Frau, die Empfängerin dieser in die Länge gezogenen Ankleidezeremonie war. Und die jetzt womöglich entrüstet und gekränkt auf ihn wartete.

Während sie selbst, hier in seinem Bett, seine unverhüllte Nacktheit gehabt hatte.

Plötzlich dachte sie, dass die ganze Sache *ihr* gegolten hatte. *Ihrem* letzten Blick auf ihn. In seinen Hochzeitskleidern. Bitte nicht. Trotzdem sagte sie, gegen ihren Willen – es waren ihre ersten Worte seit einiger Zeit –: »Du bist sehr schön angezogen.«

Sie wollte, dass es nicht wie das unangemessene Säuseln eines errötenden Dienstmädchens klang – »Oh, sind Sie aber schön angezogen, Sir!« –, aber auch nicht wie ein königlicher Segen: »So mag es angehen, du kannst dich auf den Weg machen.« Sie wollte auch nicht, dass es so klang wie die mit fester Stimme vorgetragene, aber verhüllte Erklärung, die sie eigentlich beabsichtigte.

Er sagte zu ihr nicht: »Und du siehst schön aus.« Das hatte er nie gesagt, er hatte nie dieses Wort benutzt. Nur das Wort »Freund«. Sie konnte nicht einmal eindeutig sagen, ob nicht ein Schatten von Unbehaglichkeit über sein Gesicht gezogen war, als sie ihm diese Anerkennung zollte.

Allein Banalität war jetzt angemessen. Zerstörerisch – und angemessen. Seine Rede war voll davon.

»Du brauchst dich nicht zu beeilen. Die Altvordern werden frühestens gegen vier zurück sein. Wenn du gehst, schließ die Eingangstür ab und leg den Schlüssel unter den Stein neben dem Stiefelkratzer. Kein richtiger Stein, sondern eine halbe steinerne Ananas. Freddy hat einmal mit seinem Cricketschläger dagegen geschlagen. Aber so machen wir es, wenn das Haus leer ist. Passiert ja so gut wie nie. Und es ist auch jetzt nicht leer, wenn ich gehe, oder? Aber die Altvordern rechnen damit, dass es leer ist – ohne Ethel und Iris –, falls sie als Erste zurück sind. Es ist ein riesengroßer Schlüssel, sie haben ihn bestimmt nicht mitgenommen. Ich lege ihn in der Halle auf den Tisch. Das war's schon. Lass alles, so wie es ist.«

Meinte er damit das Laken, sein Hemd, die Hose auf dem Sessel? Was konnte er sonst meinen? Wollte er damit sagen, sie solle sich nicht wie ein Dienstmädchen verhalten? Und die ganze Zeit befühlte er den Krawattenknoten und zupfte an seinen Manschetten.

»Wenn du Hunger hast – in der Küche steht eine Kalbfleischpastete, eine halbe vielmehr. Ich sage der Köchin, ich hätte sie gegessen. Ich meine – obwohl ich zum Lunch ausgehe. Nicht, dass ich irgendjemandem auch nur das Geringste erklären müsste. Nicht das Geringste.«

Das war seine letzte Bemerkung mit seltsamem Widerhall. Betraf sie nur die Kalbfleischpastete?

Später ging sie die knappe Rede fast Wort für Wort noch einmal durch. Alles blieb ihr merkwürdig klar im Kopf. Aber gerade deshalb kam es ihr manchmal so vor, als hätte sie sich diese Rede ausgedacht. Als hätte er das alles, woran sie sich so deutlich erinnerte, selbst fünfzig Jahre später noch, so nicht gesagt haben können. Schließlich hätte er ebenso gut sagen können: »Zeit, dass du dir was anziehst. Und dich aus dem Staub machst.«

Sie grübelte darüber, wie über einen Abschnitt, der vielleicht umgeschrieben werden musste, der noch nicht seine wahre Bedeutung erhalten hatte.

Dann war er fort. Kein Gruß. Kein alberner Kuss. Nur ein letzter Blick. Als würde er sie in sich aufnehmen, in sich hineintrinken. Und was er ihr zurückließ: das ganze Haus. Er ließ es für sie da. Es gehörte ihr, zu ihrer Unterhaltung. Sie konnte es auf den Kopf stellen, wenn sie wollte. Alles ihres. Und was sollte ein Dienstmädchen tun, wenn es am Muttertag frei bekommen hatte, aber kein Zuhause hatte, wohin es gehen konnte?

Sie lauschte seinen leiser werdenden Schritten auf der Treppe. Auf den Fliesen in der Halle wurden sie, klackend und verharrend, wieder lauter. Suchte er noch ein paar Dinge zusammen, bevor er endgültig ging? Einen Hut? Die Blume fürs Knopfloch? Möglich war es. Vielleicht hatte er in der Tasche seines Jacketts für diese Zwecke eine Anstecknadel. Fand er den besagten Schlüssel?

Sie bewegte sich nicht. Sie erstarrte. Sie hörte die Eingangstür – beide Flügel – erst auf- dann zugehen. Es war weder ein lautes Zuwerfen noch ein leises Zuziehen. Dann hörte sie – durch das offene Fenster von draußen, nicht durch das Haus – sein plötzliches Lachen. Falls es ein Lachen war. Es klang mehr wie ein trompetender, trotziger Ruf, sonderbar und erschütternd, wie der Ruf eines Pfaus. Das würde sie nie vergessen.

Dann das Knirschen seiner Schritte auf dem Kies. Er ging zum ehemaligen Stall, wo sein Wagen stand. Er würde ihr Fahrrad an der Mauer sehen. Sie hatte es einfach gegen die Mauer gelehnt, weil er gesagt hatte: Zur Eingangstür – und die Eingangstür hatte schon angefangen, sich wundersamerweise zu öffnen. Sie hatte das Fahrrad nicht diskret aus dem Blickfeld geschoben. Deshalb hätte Miss Hobday – falls sie auf die Idee gekommen wäre, ihren Verlobten unangemeldet zu besuchen, in ihrem Auto, wie das eine moderne Verlobte in diesen modernen Zeiten tun konnte, um ihn zu überraschen, und überrascht hätte sie ihn auf jeden Fall –, sie hätte es gesehen, das Damenfahrrad ohne Querstange. Und dann hätte es einen Ausbruch geben können, eine wilde, erregte Szene. Und der restliche Tag wäre ganz anders verlaufen.

Aber würde es nicht ohnehin eine Szene geben, im Swan Hotel in Bollingford?

All diese Szenen. Szenen, zu denen es nie kommt, die aber in den Kulissen der Möglichkeiten warten. Inzwischen war es vielleicht schon beinah halb zwei. Das Zwitschern der Vögel. Irgendwo auf der Straße jenseits von Bollingford näherte sich Emma Hobday in ihrem Emmamobil dem Ort der Verabredung. Oder vielleicht hatte sie sich auch verspätet. Das war ihr Recht als Frau. Vielleicht kam sie immer, was einen rasend machen konnte, um vieles zu spät, und vielleicht rechnete er mit dieser empörenden Gewohnheit. Wenn er es richtig abpasste, kämen sie beide gut gelaunt zur gleichen Zeit an.

Möglich, dass hierin die einfache Erklärung lag.

In jedem Fall würde Emma Hobday während der Fahrt den zauberischen Rausch der Frühlingsluft genießen. Wie es war, mit dem Auto zu fahren, lag jenseits ihrer Dienstmädchenerfahrungen – sie war immer nur Fahrrad gefahren. Aber einen Moment lang versuchte sie sich in Emma Hobday hineinzuversetzen, die noch nicht wusste, wie ihr zukünftiger Ehemann sich herausgeputzt hatte. Oder wie lange er gebraucht hatte, um sich ein Paar Hosen anzuziehen.

Und in Henley waren sie wahrscheinlich mit dem geräucherten Lachs fertig und warteten auf den Entenbraten oder auf das Lamm mit Minzsauce – sicherlich nicht so gut wie Millys. Und machten wieder eine Bemerkung über das herrliche Wetter und äußerten die Hoffnung, dass es bei der Hochzeit auch so sein möge. Sie stellte sich den Speisesaal mit Terrassentüren vor, die zum Sonnenschein hin offen standen. Rasen, der zur Themse hin abfiel. Selbst da, auf dem Rasen, gedeckte Tische. Weiße Hüte. Wie bei einer Hochzeit.

All diese Szenen. Sie sich vorzustellen, hieß, sich das, was möglich war, vorzustellen, oder aber das, was wirklich war, vorwegzunehmen. Es hieß aber auch, das, was nicht existierte, heraufzubeschwören.

Sie hörte den Motor des Wagens. Ein heiseres Aufheulen, dann ein zweites. Vielleicht machte er das immer so, wie am Anfang eines Autorennens. Jetzt müsste er auf jeden Fall rasen, wollte er retten, was zu retten war. Aber sie hörte die Räder auf dem Kies langsam knirschen, ohne jedes Durchdrehen oder Schliddern, dann drehte der Motor auf und wurde schneller, der Wagen rollte über die Lindenallee mit Rasen zu beiden Seiten, wurde dann schwächer und vermischte sich mit dem Vogelgesang.

Sie regte sich nicht. Sie ging nicht zum Fenster. Ein kurzes, sportliches Aufjaulen, als er in die Schotterstraße einbog – dieselbe Straße, auf der er am Morgen Ethel und Iris, das geehrte, aber eingeschüchterte Dienstpersonal, in dem anderen Wagen gefahren hatte – und endlich aufs Gas drückte.

Sie regte sich nicht. Die Vorhänge bewegten sich. Ein nacktes Mädchen in seinem Zimmer. Sie regte sich nicht – sie wusste nicht, wie lange sie bewegungslos dagelegen hatte –, bis die Absurdität, dass sie unbeweglich dalag, stärker wurde als die dringende Notwendigkeit, so liegen zu bleiben.

Also bewegte sie sich. Sie erhob sich aus den Kissen. Sie setzte die Füße auf den Teppich. Sie ging durchs Zimmer, nackt, wie er das getan hatte. Die beiden Brüder in Silberrahmen sahen ihr zu. Sie sah sich im Spiegel. Sie ging ans Fenster. Draußen war nichts zu sehen. Berkshire. Niemand war da, der ihr plötzlich und unerklärlich erscheinendes Gesicht am Fenster bemerkte, ihre nackten Brüste in der Sonne. Der Himmel war von einem durchgehenden Blau.

Sie wandte sich zum Zimmer um und widerstand dem flüchtigen Drang, die Sachen aufzuheben. Sie betrachtete das Bett, wo sie gelegen hatten, die zurückgeschlagenen Decken, das zerknitterte Laken, den kleinen, auffälligen Fleck.

Sie dachte an Ethel.

All die Ergüsse. Ethel, Dienstmädchen in einem Haus mit drei Jungen, wäre damit vertraut, obwohl dieser kleine Fleck von anderer Art war. All die Ergüsse der drei Brüder, von denen zwei nicht mehr da waren. Aber da waren sie doch, in den Silberrahmen, und beäugten ein nacktes Mädchen. Ethel, so vermutete sie zumindest, wusste nicht, wie das war, wenn man der Anlass eines männlichen Ergusses war, oder ihn sogar in sich drinnen spürte, wo er sich mit den eigenen Säften vermischte, die aus einem herausrannen. Ein Dienstmädchen – und noch Mädchen. Dabei war Ethel sicherlich bald dreißig. Ihre Eltern mussten uralt sein. Aber wenigstens hatte sie Eltern und durfte heute zu ihnen fahren.

All die vergeudeten Ergüsse. Einen Moment lang war es so, als füllte die Sonne das Zimmer mit nichts als heller, nackter Leere. Aber warum fühlte sie sich so beraubt und allein in der Welt, wo sie doch das gehabt hatte, was sie heute gehabt hatte? Und wo sie doch nicht Ethel war. Und wo sie jetzt ein ganzes Haus mit einem kleinen Park zu ihrer Verfügung hatte – wie Mr Niven es vielleicht ausgedrückt hätte.

Sie ging aus dem Raum, am Ankleidezimmer vorbei, in das Bad dahinter. Ein kleiner Tempel der Männlichkeit. Sie betrachtete die Rasierer und Bürsten und Flaschen mit Rasierwasser und fragte sich, ob sie all das berühren sollte. Ob sie mit dem Finger jedes einzelne Objekt auf der Glaskonsole betasten sollte. Jedenfalls wusch sie sich am Becken und trocknete sich mit dem Handtuch ab, das von seiner Benutzung feucht war und das Ethel gedankenlos wegnehmen würde.

Sie hatte das Pessar eingeführt, dass er für sie besorgt hatte. Das war der Grund, warum so viel Flüssigkeit aus ihr herausgelaufen war. Allein hätte sie das nicht besorgen können, und es wurde an einem Tag erledigt – mit der ihm eigenen Geringschätzung, die er für Schwierigkeiten oder Peinlichkeiten aufbrachte –, als sie den Nachmittag frei hatte.

Sie war mit dem Zug um ein Uhr zwanzig nach Reading gefahren und hatte sich mit ihm getroffen. Anschließend waren sie ins Kino gegangen.

Weiß der Himmel, wie er das in die Wege geleitet hatte. In manchen Dingen erwies er sich als der Klügere. »Ich kenn da so ein Doktorchen, Jay …« Sie hatte sich erst daran gewöhnen müssen. Es war ihre (ihrer beider) kostbare Art der Verhütung.

Und angenommen, dachte sie später, sie wäre schwanger geworden. Hätte sie all die entstehenden Konsequenzen auf sich genommen – denn es wären allein ihre Konsequenzen gewesen, einschließlich ihrer raschen Entfernung –, damit seine Hochzeit nicht abgesagt werden musste? Hätte sie das alles für ihn auf sich genommen?

Angenommen, sie hätte absichtlich vergessen, das Ding einzusetzen, vielleicht vor drei Monaten.

Nur mal angenommen.

»Ein Pessar, Jay. Damit mein Samen nicht in dich eindringt. Ich meine, nicht tiefer als nötig.«

Und »Samen«. Auch das war ein seltsames Wort, oder es war eine seltsame Verwendung des Wortes, denn es sah nicht im mindesten wie Samen aus – wie Apfelkerne, oder wie Leinsamen auf einem Laib Brot. Dennoch war es das angemessene und richtige Wort, das verstand sie, und es gefiel ihr. Und es war das Wort, das er benutzt hatte, als sie das erste Mal damit in Berührung kam. »Das ist mein Samen, Jay.« Wie lange das jetzt her war. »Das ist mein Samen. Wir könnten ihn in die Erde pflanzen und wässern und abwarten, was passiert.« Sie hatte wirklich nicht gewusst, ob er es ernst meinte.

Und jetzt war Frühling. Zeit, den Samen auszubringen. »Wir pflügen und wir streuen den Samen auf das Land …«

All die Ergüsse.

War ihre Mutter ein schwangeres Dienstmädchen gewesen? War das ihre Geschichte? Hatte ihre Mutter kein Pessar gehabt? All die Erdnüsse, wie Milly vielleicht gesagt hätte.

Sie ging zurück ins Ankleidezimmer. Sie war versucht, alles anzufassen, zu betasten – sogar anzuprobieren –, was da hing. So ein Anblick brachte das Dienstpersonal zum Staunen. Was soll ich heute mal anziehen? Wer soll ich heute sein? Wie hatte er an diesem Tag das recht strenge, aber völlig angemessene stahlgraue Jackett ausgewählt?

Sie ging weiter ins Schlafzimmer. Das sanfte Zwitschern der Vögel, das ferne Schnauben eines Zuges.

Sie konnte sich anziehen und das Haus schnurstracks verlassen. Wie hieß noch der Ausdruck, den sie manchmal in Büchern las? »Die Spuren tilgen.« Aber er hatte gesagt, was er gesagt hatte: Das Haus war ihres. Und sie würde es zu ihrem machen. Und deshalb wäre es gewissermaßen ein falscher Schritt, ein Rückzug, wenn sie sich jetzt anzöge.

Sie trat ins Treppenhaus, in den Schatten, ihre nackten Füße auf moosweichem Teppich. Streifen und Flecken von Sonnenlicht, das durch ein Fenster weiter oben fiel, ein Dachfenster womöglich, spielten auf dem rotbraunen Gewebe unter ihren Füßen, auf der abgetretenen Stelle oben an der Treppe, auf dem polierten Geländer, auf den Staubkörnchen in der Luft. Die Luft war immer voller Staub. Warum sonst musste man Staub wischen?

Sie lief die Treppe hinunter, ihre Finger fuhren in zarter Würdigung und weniger aus dem Bedürfnis nach Halt über das Geländer. An der Biegung der Treppe glänzten die Streben. Ethel war nicht nachlässig. Die Halle unten schien angespannt ihres Näherkommens zu harren. Ein paar Dinge hatten sich vielleicht eilig zurückgezogen. So etwas hatten sie noch nie erlebt. Eine nackte Frau lief die Treppe hinunter!

Ihre Füße berührten die kühlen Fliesen in der Halle. Auf der einen Seite der Tür zum Vestibül war eine Standuhr, auf der anderen ein bodentiefer Spiegel. Am anderen Ende der Halle die große Schale mit den weiß blühenden Zweigen. Den kostbaren Orchideen seiner Mutter. Sie hatten keinerlei Ähnlichkeit mit anderen Blumen. Sie hatten eine Starre, eine Eindringlichkeit, jede einzelne Blüte war wie ein gefrorener Schmetterling.

Hatte er eine abgepflückt, bevor er losfuhr? Tatsächlich sahen sie zu kostbar aus, als dass man sie pflücken könnte. Aber was kümmerte ihn das? Es war nicht seine Art, dergleichen zu respektieren. So wie es offenkundig nicht seine Art war, Pünktlichkeit zu respektieren. Auf der Standuhr war es Viertel vor zwei! Und wem würde es auffallen, wenn eine kleine Blüte an dem Stängel fehlte? Wenn jetzt schon eine fehlte – ihr fiel das nicht auf.

Außerdem hatte sie sich das bloß ausgedacht – dass er eine Orchidee genommen haben könnte. Und sie dann vor dem Spiegel angesteckt hatte. Genauso wie die Vorstellung, dass sie hier gestanden und ihm eine abgepflückt haben könnte. »Hier – bevor du fährst.« Und sie an sein Revers gehalten haben könnte.

Ringsum an den Wänden der Halle hingen Bilder, weitere Bilder stufenweise die Treppe hinauf, so wie in Beechwood auch. Seltsam, das Bedürfnis dieser Menschen, ihre Wände zu schmücken, denn nie hatte sie Mr oder Mrs Niven dabei beobachtet, wie sie ein Bild betrachteten. Möglich, dass die Bilder nur aus dem Augenwinkel bemerkt oder allein von Besuchern gewürdigt werden sollten. Oder von den Dienstmädchen, die zu wahren Kennern wurden, während sie Rahmen und Glas abstaubten.

Sie hatte sich alle Bilder in Beechwood wiederholt und genau angesehen, um sie sich einzuprägen und für immer in Erinnerung zu behalten, selbst mit neunzig noch, als gäbe es in ihrem Kopf einen oft durchblätterten Katalog, so wie Menschen sich offenbar mit verblüffender Klarheit an die

Illustrationen in ihren frühen Kinderbüchern erinnerten. So wie sie sich immer an die großen, düsteren Bilder von Männern in dunklen Mänteln erinnern würde – Wohltäter, Direktoren –, die an den Wänden des Waisenhauses gehangen hatten, wo beim Zubettgehen keine Geschichten vorgelesen wurden.

Konnte sie ein Verzeichnis der Dinge in diesem Haus anlegen? Oder zumindest diese auf sie einstürzende Gegenwart, die Vielfalt der Gegenstände, aufnehmen und bewahren? Wenn man bedachte, dass sie nie wieder herkommen würde. Wenn man bedachte, dass sie nur begrenzt Zeit hatte – wie viel Zeit wagte sie da, sich zu nehmen?

Und wie lange würde es dauern, bis das Verzeichnis dieses Hauses, wenn er in seinem neuen Leben war, aus seinem Kopf verschwand? Lange, stellte sie sich vor, und hoffte es sogar. Und wie lange würde es dauern, bis das Verzeichnis aller Momente mit ihr …? Bis dieser Tag verblassen würde?

Im Vestibül – ganz ähnlich wie das in Beechwood – gab es all das, was zu Ankunft und Abfahrt, zum Ablegen und Anziehen von Mänteln gehört: Schirmständer, Hutständer. Hier hätte sie (obwohl es Ethels Aufgabe war) ohne Weiteres stehen und üben können, was ein Dienstbote können musste, nämlich unsichtbar als auch jederzeit zur Hand zu sein. Jetzt war sie unsichtbar.

Auf einem schmalen, filzbezogenen Tisch, der als Ablage für Handschuhe und andere Dinge diente, sah sie den Schlüssel, den er für sie hingelegt hatte. Er war groß, ein

Musterexemplar von einem Schlüssel und wie eine Erinnerung an eine schwierige, bevorstehende Probe, obwohl es kein Schlüssel war, mit dem man aufschloss, sondern lediglich einer zum Abschließen.

Sie wollte ihn jetzt noch nicht in die Hand nehmen.

Sie wandte sich wieder zur Halle um, wo eine Reihe von Türen und Richtungen zur Wahl standen. So wichtig war es vielleicht nicht. Sie hatte in keinem der Zimmer etwas zu tun – außer in dem Schlafzimmer oben, und dort war alles schon getan. Doch schien es ihre grundlegende und dringliche Aufgabe zu sein, sich mit ihrer ungesehenen und unbekleideten Anwesenheit diesem Haus, das ihres und doch nicht ihres war, einzuschreiben.

Und das tat sie. Sie wanderte von einem Zimmer zum anderen. Sie sah sich um und nahm alles auf, aber insgeheim beschenkte sie es auch. Sie schien mit dem Wissen durch die Räume zu schweben, dass ihr Besuch in seiner ganzen Ungeheuerlichkeit – sie hatte keine Faser am Leib – unbemerkt bleiben würde, dass niemand je davon erfahren würde. Als würde ihre Nacktheit ihr nicht nur Unsichtbarkeit verleihen, sondern sie auch der Dinglichkeit entheben.

Ethel würde natürlich davon erfahren. Aber Ethel würde denken, sie sei Miss Hobday gewesen.

Sie betrat den Salon. Er war wie ein kleines verlassenes Land mit einer Sammlung von Aufmerksamkeit heischenden, aber unbehüteten Dingen. Als wäre das Leben selbst – ein Gedanke, der ihr in Beechwood nie gekommen war – die Summe aller Dinge, die man besaß. Sie konnte nicht anders, als ihn mit der geübten Ehrerbietung eines Dienstmädchens zu betreten, das einen Besucher ankündigt oder den Tee bringt. Aber es war niemand da. Ein bisschen war es, als beträte sie die Zimmer der Jungen in Beechwood, die beiden unveränderlichen Schreine – es bestand keine Notwendigkeit zu klopfen, und doch hatte man das Gefühl, man sollte es tun – und sie beschloss, die entsprechenden Zimmer in diesem Haus, die es oben geben musste, nicht zu betreten. Hatte sie geglaubt, das würde sie tun? So? Nackt?

Der Spiegel mit dem Goldrahmen über dem Kamin hielt sie plötzlich fest, zur Bestätigung ihrer unabweislichen, schamlosen Gegenwart. Das bist du! Du bist hier!

Und hatte er angenommen, auch *er* wäre der Dinglichkeit enthoben? Und aus Viertel nach zwei könnte kurzerhand halb zwei werden? Sie versuchte, auf einer Skala abzuschätzen, wie viele Minuten Verspätung entschuldigt würden, wie viele mit frostiger Miene, wie viele mit heftiger Entrüstung, wie viele gar nicht entschuldigt würden. Nicht entschuldigt, trotz des versöhnlich nahen Datums ihrer Hochzeit – nicht entschuldigt gerade deswegen.

Wieder versuchte sie sich in Emma zu versetzen, in die Haut von Emma Hobday zu schlüpfen. Auf dem Kaminsims stand eine Einladung, eine Karte mit Goldrand und runden Ecken, teuer bedruckt mit verschnörkelter Schrift. Eine Einladung an Mr und Mrs Sheringham von Mr und Mrs Hobday zu der Hochzeit ihrer Tochter Emma Carrington Hobday. Natürlich war es eine Formalität, und die Karte stand auf dem Kaminsims als stolze Bekanntmachung. Als bestünde die Möglichkeit, dass sie nicht zu der Hochzeit ihres eigenen Sohnes gehen würden!

»Carrington?«

Sie ging wieder in die Halle und stellte sich vor den langen Spiegel, als kehrte sie nun in ihre merkwürdig unberührbare Haut zurück. Nie zuvor hatte sie den Luxus von so vielen Spiegeln gehabt. Nie zuvor hatte sie die Möglichkeit gehabt, sich selbst in ihrer Nacktheit zu betrachten. In ihrer Mädchenkammer hatte sie einen kleinen Spiegel, der nicht größer war als eine der Bodenfliesen in der Halle.

Das ist Jane Fairchild! Das bin ich!

Paul Sheringham hatte ihren Körper genauer angesehen, erforscht und gekannt als sie selbst. Er hatte sie »besessen«. Das war auch so ein Wort. Er hatte ihren Körper besessen – ihren Körper, der so gut wie alles war, was sie besaß. Und konnte man sagen, dass sie ihn immer schon besessen hatte und für alle Zeit besitzen würde?

Und hatte er Emma Hobday schon »besessen«? Wenn nicht, dann spätestens in zwei Wochen.

Sie versuchte sich Emma Hobdays nackten Körper vorzustellen – inwieweit er ihrem ähnlich oder nicht ähnlich war. Aber das war unmöglich. Sie konnte sich Emma Hobday unbekleidet gar nicht vorstellen. Was trug sie heute, an diesem Märztag, der wie ein Junitag war? Ein geblümtes Sommerkleid? Einen Strohhut? Sie versuchte, Emma Hobday im Spiegel zu sehen. Genauso schwer war es – obwohl er vor diesem Spiegel gestanden haben musste, ein letzter, selbstzufriedener Blick, mit oder ohne Orchidee, vor weniger als einer Stunde –, *ihn* zu sehen.

Kann ein Spiegel ein Abbild bewahren? Kann man in einen Spiegel blicken und einen anderen Menschen darin sehen? Kann man durch einen Spiegel hindurch treten und ein anderer *sein*?

Die Standuhr schlug zwei Uhr.

Sie wusste nicht, dass er da bereits tot war.

Sie drehte sich um, überlegte, welche Tür sie öffnen sollte, öffnete eine, dann noch eine und war in der Bibliothek. So zufällig war die Wahl vielleicht nicht. Häuser waren nach einem Muster gebaut, und ein Anwesen, auch ein kleines wie Beechwood oder Upleigh, hatte eine Bibliothek. Auf jeden Fall war sie froh, dass sie jetzt in der Bibliothek stand.

Auch die Bibliothek – besonders die Bibliothek – durfte man nur nach vorsichtigem Klopfen betreten, obwohl meistens, falls man nach der in Beechwood gehen konnte, niemand drinnen war. Aber selbst eine leere Bibliothek konnte einem missbilligend vermitteln, dass man kein Recht hatte, sich dort aufzuhalten. Doch natürlich musste ein Dienstmädchen Staub wischen, und wenn etwas den Staub anzog, dann Bücher. Die Bibliothek von Beechwood zu betreten, war ein bisschen so, also würde man in die Zimmer der Jungen oben gehen, und manchmal fand sie, dass es in einer Bibliothek nicht um Bücher ging, sondern darum, die geheiligte Atmosphäre eines männlichen Bereichs mit einem »Bitte nicht stören«-Schild zu bewahren.

Deshalb konnte kaum etwas einen so großen Schock auslösen wie eine Frau, die nackt eine Bibliothek betrat. Allein die Idee!

In der Bibliothek von Beechwood gab es eine Wand voller Bücher, von denen die meisten (wie das Dienstmädchen wusste) kaum jemals aufgeschlagen worden waren. In der Ecke jedoch, bei dem Chesterfield-Sofa, gab es einen drehbaren Bücherständer (beim Staubwischen drehte sie ihn gern zum Spaß), auf dem Bücher standen, die offensichtlich gelesen worden waren. Zu ihrer Überraschung, denn dies war ein Haus von Erwachsenen, befanden sich hier auch Bücher, die zur Kindheit und Jugend gehörten und von denen sie sich vorstellte, dass sie zwischen der Bibliothek und den stillen Räumen oben hin- und hergewandert waren. Ein paar Bücher waren darunter, die neu und vielleicht voller Vorfreude gekauft, aber nie gelesen worden waren.

Rider Haggard, G.A. Henty, R.M. Ballantyne, Stevenson, Kipling … Sie hatte guten Grund, sich an die Namen und sogar die Titel einiger dieser Bücher zu erinnern. *Der schwarze Pfeil, Die Koralleninsel, König Solomons Schatzkammer* … Und nie würde sie die abgegriffenen und eingerissenen Schutzumschläge, die Farbe der Leineneinbände, die rissigen und verschossenen Rücken vergessen.

Von allen Räumen in Beechwood war es die Bibliothek, so düster und abweisend sie auch war, in der sie am liebsten sauber machte. Es war der Raum, in dem sie sich am ehesten wie ein unschuldiger und willkommener Dieb vorkam.

Dann kam der Tag, an dem sie ihre kühne und zugleich schüchtern und sogar etwas verlegen vorgetragene Frage stellte und Mr Niven nach einer langen Bedenkpause sagte: »Aber natürlich darfst du das, Jane.« Die Pause konnte bedeuten, dass er im Begriff war, eine kleine Umkehrung der Hierarchie im Haushalt zu gestatten, vielleicht drückte sie aber auch seine Überraschung über eine praktische Überlegung aus: Wann würde sie die Bücher lesen, wo sie doch so viele Aufgaben zu erledigen hatte? Nachts? Die Pause hätte auch Erstaunen darüber ausdrücken können, dass sie überhaupt des Lesens kundig war – wenn diese Fähigkeit nicht längst auf die Probe gestellt worden wäre.

Dennoch war es eine nachgiebige, sogar eine freundliche Pause.

»Aber natürlich darfst du das, Jane.«

Es waren magische Worte, sie öffneten Türen. Hätte die Antwort anders gelautet: »Für wen hältst du dich eigentlich, Jane?«, wäre ihr Leben anders verlaufen.

Darauf war einer ihrer tiefen Knickse fällig. Nichts Geringeres.

»Aber du musst mir sagen, welches Buch du nimmst. Und selbstverständlich musst du es zurückbringen.«

»Selbstverständlich, Sir. Vielen Dank, Sir.«

So wurde sie zu einer Entleiherin von Büchern der Beechwood Bibliothek, und als solche wurde sie sorgfältig, aber auch neugierig überwacht und gefördert. Tatsächlich stieg Mr Nivens Aufmerksamkeit noch einmal, als er verstand, für welchen Teil der Bibliothek sie sich interessierte. Denn nach Foxes *Book of Martyrs* oder Smiles' *Lives of the Engineers* in fünf Bänden stand ihr nicht der Sinn. Wer wollte das schon lesen?

»*Die Schatzinsel*, Jane? Warum willst du das lesen? Das sind doch Jungenbücher.«

Es war weniger eine echte Frage, als vielmehr ein grundlegendes Erstaunen – als wäre er überrumpelt worden. Er hätte auch mit einigem Hüsteln sagen können: »Nicht diese Bücher, Jane. Alle anderen, aber nicht diese.«

Und was seine andere Bemerkung betraf: Wo waren denn die Bücher für Mädchen?

Ihr machte das nichts aus. Jungenbücher, Abenteuergeschichten. Ihr machte es nichts aus, keine Mädchenbücher zu lesen, sie kannte gar keine. Abenteuer. Das Wort an sich erhob sich von der Seite und lockte sie: »Abenteuer!«

Es sah nicht so aus, als hätten die Nivens in Beechwood oder andere ihres Standes, obwohl sie Zeit und Mittel dazu hätten, auch nur die geringste Lust auf Abenteuer oder als suchten sie Abenteuer. »Ein Jamboree in Henley.« Die Bibliotheken selbst waren wie eine trockene, nüchterne Zurückweisung von Abenteuern. Und doch gab es in der Bibliothek von Beechwood den kleinen Drehständer mit Büchern, die früher offensichtlich verschlungen worden waren, wie eine verschriebene Dosis vor dem langweiligen und schrecklichen Erwachsenenalter.

Mr Niven hätte sagen können: »Nicht die auf dem Drehständer, Jane.« Aber das hatte er nicht getan.

Und später, viel später in ihrem Leben, sagte sie in Interviews, als Antwort auf die wiederkehrende (und müßige) Frage: »Aber Jungenbücher, Abenteuergeschichten, die wollte man doch. Wer wollte schon langweilige Geschichten für Mädchen lesen?«

Ihre Augen funkelten, ihr faltiges Gesicht verzog sich zu noch mehr Falten. Aber dann sagte sie womöglich, auch um weniger kokett zu wirken, diese Bücher damals zu lesen – »Wissen Sie, der Krieg, ich meine, der erste, war damals gerade erst vorbei« – habe bedeutet, auf der anderen Seite einer großen Kluft zu lesen. So nah, und doch eine große Kluft.

Piraten und Ritter in schimmernder Rüstung, vergrabene Schätze und Segelschiffe. Das waren die Bücher, die sie gelesen hatte.

Die Bibliothek in Upleigh war der in Beechwood erstaunlich ähnlich. Es gab dieselbe Wand von Büchern, die alle so aussahen, als seien sie nie gelesen worden. Es gab dieselben weißen oder schwarzen Büsten – aus derselben Fabrik, mochte man denken – von Männern mit dicken Augenbrauen und Bärten und einer Toga über den Schultern. Es gab einen Schreibtisch und statt des Ledersofas zwei klobige rostrote Sessel. Es gab einen Ständer mit Zeitungen und Zeitschriften, seltsame Gegenstände, die modern wirkten, aber in einer Art Museum standen. Sonnenlicht strömte durch die halb offenen Vorhänge und bildete auf dem weichen, braunen Teppich ein helles Rechteck.

Auf dem Schreibtisch lag ein kleiner Stapel von Büchern, die sie als Jurabücher erkannte. Aber das war das einzige Zeichen – und es wirkte ziemlich künstlich –, von seiner angeblichen Absicht zu lernen, während das Haus leer und friedlich war. An einem Morgen wie diesem? Büffeln? Sie stellte sich sein fleißiges Studieren eher so vor, dass er die Füße auf den Schreibtisch gelegt und mehrere Zigaretten geraucht hätte.

Sie konnte ihn tatsächlich so sehen, als wäre er ein Geist im Zimmer. Dann waren sie zwei Geister zusammen. Ihr

Geist allerdings war wirklich da und unbekleidet. Aber das würde nie jemand wissen.

Es war erst März, aber der Tag war so warm, dass eine Fliege herumsummte und störrisch immer wieder ans Fenster prallte. Und dann sah sie auf der anderen Seite des Schreibtischs die kleine Ansammlung von Büchern, ganz ähnlich der in Beechwood, die sie benutzen durfte. Sie erkannte sogar einige Titel, Bücher, die sie gelesen hatte. Dann war sie hier gar keine Fremde, kein Eindringling. In gewisser Weise gehörte sie sogar hierher.

Falls Paul Sheringham die Bücher gelesen hatte, so hatte er das nie erwähnt. Er schien der Überzeugung, dass es an der Zeit war, in Upleigh allerlei auszumustern. Die Pferde waren schließlich auch weg. Und als sie ihm von ihrer Lektüre in Beechwood erzählt hatte (später wünschte sie, das hätte sie nicht getan), hatte er gehöhnt, wie er über so vieles höhnte, und gesagt: »Diesen ganzen Plunder, Jay? Du liest dieses Zeug?« Eine Erinnerung, dass ihre Beziehung im Wesentlichen körperlicher Art war und ins Hier und Jetzt gehörte, dass ein Gefasel über Bücher keinen Platz darin hatte.

Rechtsanwalt? Niemals!

Der einzige Unterschied in Upleigh war der, dass die »Jungenbücher« nicht in einem eigenen Regal standen, zum Drehen oder sonst wie, sondern in einer kleinen Abteilung des Hauptregals (vielleicht waren gewichtigere Bände herausgenommen worden), wo man gut an sie herankam.

Ein weiterer Unterschied war natürlich der, dass sie nackt in der Bibliothek von Upleigh stand, und das hatte sie in Beechwood nie getan.

Sie nahm eins der Bücher aus dem Regal vor sich und schlug es auf, und dann drückte sie es aus ihr unerklärlichen Gründen zärtlich an die nackte Brust. Es war *Entführt* von Robert Louis Stevenson. Sie kannte das Buch. Sie hatte das Exemplar im Regal von Beechwood gelesen. In dem Buch war eine Landkarte mit der »Route des David Balfour«. Und da waren die Worte: »Ich will die Geschichte meiner Abenteuer mit einem bestimmten Tag beginnen.«

Sie drückte das Buch an sich, dann stellte sie es zurück. Niemand würde es je wissen. Niemand würde etwas von dem kleinen Abenteuer des Buches erfahren. Niemand würde die »Landkarte« auf dem Laken oben im Zimmer sehen.

Sie verließ die Bibliothek. Die im Haus verteilten Uhren tickten und surrten. Sonst war da kein Geräusch. Draußen leuchtete die Welt und sang. Hier war alles gedämpft, verhalten, eingemauert.

Sie ging in einen Flur, von dem sie instinktiv wusste, dass er sie zu der Treppe bringen würde, die in die Küche führte. Im Untergeschoss war es still und ruhig, ganz wie in der Bibliothek. Sie empfand die Stille als beklemmend. Normalerweise war in einer Küche immer ein Rest von Wärme, aber in dieser Küche, unterhalb der sonnigen Geschosse gelegen und den ganzen Morgen unbenutzt, war es eindeutig kühl. Das hatte sie jetzt davon, dass sie keine Kleider trug.

Sie bekam eine Gänsehaut. Und aus dem Magen war ein lautes Knurren zu hören.

Die Pastete unter einem blau-weißen Küchentuch, daneben ein Messer, stand auf dem Tisch. Auch ein Tablett mit

Besteck, Serviette, Salz und Pfeffer, einer Flasche Bier und einem Glas, einem Flaschenöffner war bereitgestellt. Es war so vorbereitet, dass Mister Paul es ganz nach Belieben in jeden Teil des Hauses tragen konnte – in die Bibliothek, zum Beispiel, damit er sein Studieren nicht unterbrechen musste. Falls er nicht eine neue Erfahrung machen und allein in der Küche essen wollte – und angenommen, natürlich, er hatte keine anderen Pläne, wie er seine Zeit verbringen und seinen Lunch essen wollte.

Wer würde an einem Tag wie diesem, mal ehrlich, schon den Kopf in Büchern vergraben wollen?

Es war eine halbe Pastete, ein Rest, trotzdem zu viel für eine Person. Aber sie fiel mit plötzlichem Heißhunger gierig darüber her. Niemand sah ihr zu. Er hätte so essen können, dachte sie, wenn der Tag anders, nach dem vorgetäuschten Muster, das er dafür erfunden hatte, verlaufen wäre. Er hätte aus einer unvermittelten perversen Laune heraus in die Küche kommen und die Pastete gleich da am Küchentisch verschlingen können. Vielleicht wäre er in dem Moment nicht der hochmütige und selbstgefällige Paul Sheringham gewesen, sondern hätte sich, in der Abwesenheit von Beobachtern, in einen gierigen Schuljungen oder einen hungrigen Landstreicher verwandelt.

Und sie mit ihrer damenhaften Freiheit und der Halfcrown in der Tasche wäre vielleicht in einen Tea-Shop gegangen und hätte ein Sandwich mit Ei und Kresse und danach ein Stück Kuchen gegessen.

Inzwischen saß er sicherlich in seinem makellosen Aufzug mit ihr zusammen im Swan. Doch wie hätte er das schaffen können? Auf wundersame Weise? Mit Kühnheit und Wagemut? »Immerhin bin ich jetzt hier …« Oder in der Bereitschaft, alles aufs Spiel zu setzen? »Gut, wenn du es abblasen willst …«

War das sein brutaler, sein fein ausgeklügelter Plan gewesen? Einen Moment regte sich in ihr die Hoffnung. Die Sache abblasen – nachdem er erst ernstes Missfallen erregt und sich so den Weg frei gemacht hatte.

Trotzdem versuchte sie sich die Szene vorzustellen, während sie die Pastete in sich hineinstopfte, wie er selbst es gemacht haben könnte: die Backen voll, Krümel auf dem Tisch. Sie wollte die Pastete, die er nicht gegessen hatte, für ihn essen. Als wäre sie er.

Es war eine sehr gute Pastete. Sie machte die Flasche Bier auf und trank, um die Pastete damit hinunterzuspülen. Das Bier schmeckte, wie Bier jedes Mal geschmeckt hatte, wenn sie es getrunken hatte, nämlich nach braunem Herbstlaub. Sie machte sich wieder über die Pastete her. Und plötzlich kam sie sich wie das erbärmlichste, das unglücklichste aller Geschöpfe vor: Keine Kleider am Leib, kein eigenes Dach über dem Kopf, die Mahlzeit die eines anderen.

Sie erschauderte. Sie stand auf. Die Pastete war sowieso zu viel. Sie stieß laut auf. Sie ließ alles stehen und liegen. Sie ließ es, dachte sie, wie er es gelassen hätte – wie er seine abgelegten Sachen liegen gelassen hatte. An der Tür drehte sie sich um und betrachtete den Ort, als wäre es seine Achtlosigkeit gewesen. Ethel würde aufräumen, natürlich, Ethel oder Iris. Und sie mochten denken, wie seltsam es war, dass er die Pastete gegessen hatte, oder das meiste davon, obwohl er doch mit Miss Hobday zum Lunch verabredet war. Und wenn er sich mit Miss Hobday zum Lunch getroffen hatte, war es seltsam, dass auf dem Laken ein Fleck war.

Aber falls es Ethel war, die sowohl die Pastete als auch den Fleck bemerkte, reimte sie sich vielleicht eine Geschichte zusammen, die der ganz ähnlich war, die sie, die Magd von Beechwood, sich flüchtig ausgedacht hatte. Nämlich dass Miss Hobday an einem so schönen Morgen auf die Idee gekommen war, nach Upleigh zu fahren und Mister Paul zu »überraschen«, der sich, während er über seinen Jurabüchern saß, gelangweilt hatte und hungrig wurde und sich an die Kalbfleischpastete erinnerte. Die Reste und Krümel der Pastete und die fast volle Flasche Bier machten es in der Tat glaubwürdig, dass er bei seinem vormittäglichen Überfall auf die Küche überrascht worden war. Und nach Miss Hobdays Ankunft hatte sich, wer weiß, eins aus dem anderen ergeben, was dann zu dem Fleck auf dem Laken geführt hatte.

Und nachdem Mister Paul und Miss Hobday den Vorteil des leeren Hauses ausgenutzt hatten, waren sie zum Lunch aufgebrochen, jeder in seinem Auto, um den Anschein, dass sie sich am verabredeten Ort getroffen hatten, aufrechtzuerhalten. Ethel erinnerte sich vielleicht noch daran, dass Mister Paul auf der kurzen und denkwürdigen Fahrt zum Bahnhof tatsächlich gesagt hatte, er würde sich mit Miss Hobday zum Lunch treffen, worauf Iris erwidert hatte, für alle Fälle habe sie eine halbe Kalbfleischpastete für ihn hingestellt. Natürlich brauchte er seine Pläne nicht mit dem Personal besprechen, und falls er es getan hatte, wäre es sonderbar. Aber dass er sie persönlich zum Bahnhof gefahren hatte, war ebenfalls sonderbar.

Es war ein sonderbarer Tag.

Ethel, so mutmaßte sie später, hatte sich vielleicht eine solche Geschichte zusammengereimt und später, als sie zurückblicken konnte, festgestellt, dass die Geschichte so nicht gewesen sein konnte. Viel wahrscheinlicher aber war es, dass Ethel beim Entfernen der Spuren hier und dort überhaupt nicht nachgedacht hatte, auch nicht über das, was möglicherweise dahintersteckte, da es nicht ihre Aufgabe war, sich über solcherlei Dinge Gedanken zu machen. Außerdem hatte sie genug im Kopf, schließlich war sie gerade bei ihrer Mutter gewesen.

Wäre Ethel der Gedanke gekommen, oder auch Iris, in deren Bereich die Pastete ja fiel: »Wenn er die Pastete gegessen hat, dann war das seine letzte Mahlzeit«?

Sie ging die Treppe hinauf. Neben den Abenteuergeschichten gab es noch andere Bücher, die bei Jungen beliebt und auch von Erwachsenen geschätzt wurden. Aber in Interviews sagte sie später, dass sie nie viel für Detektivgeschichten übriggehabt habe. Sie habe sie nicht lesen und schon gar nicht schreiben wollen. Das Leben selbst sei rätselhaft genug.

Von der Küche stieg sie in die Wärme und Helligkeit der oberen Geschosse hinauf. Und obwohl es keinen Grund zur Eile gab – die Uhr in der Halle zeigte zwanzig nach zwei, die Menschen saßen noch beim Lunch –, hatte sie jetzt den Wunsch zu gehen, sie hatte genügend erforscht.

In dem Moment (und sie würde ihr Leben lang den genauen Zeitpunkt wissen) klingelte das Telefon – oder *ein*

Telefon – in einer Nische, die ihr vorher nicht aufgefallen war. Sie erstarrte. Sie hatte das merkwürdige Gefühl, dass es geklingelt hatte, weil sie so nah daran vorbeigegangen war. Sie nahm nicht ab, abzunehmen wäre töricht, obwohl sie gute Telefonmanieren hatte. Es klingelte noch eine Weile, während sie stocksteif dabei stand, als würde das Telefon sie beobachten, wenn sie sich bewegte, und auch das war ein törichter Gedanke.

Aber war es nicht ohnehin außerordentlich töricht, dass sie hier, in dieser ihr unvertrauten Eingangshalle stand, mit nichts am Leibe?

Sie stieg die Treppe hinauf und ging wieder ins Schlafzimmer. Da war alles genau so, natürlich war es das, wie sie es verlassen hatte. Nur der Winkel der Sonne, die hereinschien, hatte sich geneigt. Da war das offene Fenster, da waren die Kleider auf dem Sessel, seine unerwünschte Hose, ihre Strümpfe um ein Hosenbein. Die zurückgeschlagene Bettdecke. Der Fleck, jetzt trockener. Und dennoch schien es wie ein Zimmer, um das herum in der kurzen Zeit ein unsichtbarer Zaun errichtet worden war. War das wirklich das Zimmer, in dem …? Hatten sie wirklich hier …?

Das war die wesentliche Frage. War es wirklich geschehen?

Vor dem Fenster das ewige Vogelgezwitscher, und an dem blauen Himmel konnte sie keinen Makel sehen, oder zumindest würde sie sich später nicht erinnern, einen bemerkt zu haben.

Der Spiegel auf dem Toilettentisch bot ihr zum letzten Mal ihre dreigeteilte Nacktheit. Sie zog sich an. Sie schlüpfte in ihre Sachen, als wären sie eine oft benutzte Verkleidung.

Sie berührte – nur eine Berührung, ein Streicheln, kein Wegräumen – seine Hose. Sie schloss das offene Fenster nicht. Es blieb so, wie er es achtlos gelassen haben mochte. Sollte Ethel doch. Außerdem – wer würde schon mit einer Leiter kommen? Das Bett berührte sie nicht, auch nicht, um den Fleck zu bedecken.

Die jungen Männer in den Silberrahmen auf dem Toilettentisch schienen jetzt ihrer nicht mehr gewahr zu sein. War es alles Einbildung gewesen, dass sie ihr mit Blicken gefolgt waren? Jetzt sahen sie mit unbewegter Miene durch sie hindurch, in einen Fotoapparat, dessen Auslöser vor langer Zeit geklickt hatte. Sie stand in der Tür und prägte sich das Bild in ihrem Kopf ein. Dann ging sie.

In der Halle blieb sie abermals stehen und nahm – pflückte – eine Orchidee von den Zweigen in der Schale. Wenn er keine abgeknipst hatte – sie würde es tun. Im selben Moment wurde ihr bewusst, dass nichts sie so sehr in Verdacht bringen würde wie diese Blüte, falls sie sie ansteckte. Wenn sie mit einer Orchidee am Kleid nach Beechwood zurückkam. Aber die Blüte war nicht zum Anstecken. Sie verstaute sie in der Tasche, in der sie am Morgen die Halfcrown verstaut hatte. Dort würde sie zwar gequetscht und rasch zerdrückt werden, aber es war ein Beweis für sie selbst. Damit sie es immer wusste. Und niemand sonst würde es wissen.

Abenteuergeschichten, keine Detektivgeschichten. Bücher für Jungen. Die wollte man. Und ihr Interviewer, um der Sache eine humorvolle Note zu geben und vielleicht zu vermeiden, dass sich das Interview zu literarisch gestaltete, mochte dann wohl fragen: »Und die Jungen selbst?«

»Aber natürlich«, sagte sie dann mit einer wegwerfenden Bewegung ihrer achtzig Jahre alten Hand, als hätten die Jungen bei ihr Schlange gestanden. Die Zuhörer im abgedunkelten Auditorium schmunzelten daraufhin vielleicht. Und dem Interviewer wäre im Moment der leicht hingeworfenen Antwort nicht unbedingt aufgefallen, dass ihr Blick bei dem Themenwechsel etwas herausfordernder wurde.

Das Leben selbst konnte ein Abenteuer sein. Das war die verborgene Botschaft (der Subtext, wie man heute sagen würde) all dieser Bücher. Konnte man sein Leben auch anders leben? Abenteuer hieß ja nicht Piraten und knappes Entkommen. Es konnte bedeuten, in der Vorstellung fortwährend etwas zu wagen. Angenommen. Man stelle sich vor. Man stelle sich nur vor. Was taten Schriftsteller mit ihrer Zeit? Waren sie nicht mehr als alle anderen jeglichem Abenteuer abhold? Und saßen den ganzen Tag am Schreibtisch?

Aber das sagte sie in den Interviews nicht. Sondern wie zum Scherz umging sie mit einem ablenkenden Zwinkern und ironisch gekräuseltem Mund die eigentliche Wahrheit.

Ich will die Geschichte meiner Abenteuer mit einem bestimmten Tag beginnen.

Sie legte den Schlüssel unter die halbierte steinerne Ananas. Ihr war unerklärlich, wie Freddy sie mit einem Cricketschläger hatte zerschlagen können. Mit einer Schlachtaxt vielleicht. Sie wusste auch nicht, welcher von den beiden in den Silberrahmen Freddy war. Sie hätte fragen können, fragen sollen, aber sie hatte es nicht getan. »Welcher ist Freddy, welcher Dick? Erzähl mir von ihnen.« Wäre das, als sie da zusammen gelegen hatten, der Zeitpunkt dafür gewesen? Oder hätte er die Frage abgewehrt, mit einem Gesichtsausdruck, als hätte er einen schlechten Geschmack im Mund?

Jetzt würde sie es nie erfahren.

Da, an der Mauer, lehnte ihr Fahrrad, das unter Umständen belastend hätte sein können, das aber niemanden belastet hatte. Sie schob es ein Stück über den Kies, bevor sie aufstieg und dabei tief und unregelmäßig atmete. Bei der Berührung mit dem Sattel spürte sie, dass sie wund war. Sie raffte ihren Rock. Die Luft war warm und hell um sie herum.

Ein plötzliches und unerwartetes Gefühl von Freiheit durchflutete sie. Ihr Leben fing an, es war nicht zu Ende, es war nicht vorbei. Nie könnte (noch müsste) sie dieses unlogische und sie umhüllende Gefühl, dass alles nach außen gewendet war, erklären. Als wäre der Tag umgestülpt worden, als wäre das, was sie zurückließ, nicht eingeschlossen, verloren, begraben in einem Haus. Sondern strömte nach außen und vermischte sich mit der Luft, die sie atmete. Das würde sie nie erklären können, und sie spürte es auch dann nicht weniger, als sie nach und nach entdeckte, wie der Tag wirklich von innen nach außen gekehrt worden war. Konnte das Leben so grausam und so freigebig zugleich sein?

Sie radelte davon. Sie fuhr nicht, wie er es gemacht hatte und wie sie gekommen war, auf der Auffahrt zum Tor und zur Straße. Aus alter Gewohnheit, um nicht entdeckt zu werden, nahm sie den anderen, vertrauten Weg. An den Ställen vorbei, durch die Rhododendren, am Gemüsegarten entlang, am Schuppen, an den Frühbeeten und dem Gewächshaus vorbei, dann auf verschlungenen Pfaden durch dichtes Buschwerk und ein zugewuchertes Gelände, das zu einem Wäldchen führte. Jede Biegung, jedes Gebäude, jeder einzelne Busch war ihr vertraut. Hier hatten sie sich oft getroffen, zum Stelldichein. Und das war seine übliche Anweisung: »Hinter den Büschen.«

Der verschwiegene Weg zwischen Beechwood und Upleigh würde ihr immer präsent sein, sie hätte jederzeit eine Karte davon zeichnen können, wie die Landkarte von *Die Schatzinsel* oder von David Balfours Abenteuern in den Highlands. Die Fähigkeit dazu bewahrte sie sich, aber natürlich wäre es ein Widerspruch, ein Betrug, wollte sie eine geheime Karte zeichnen.

»Geh hinten rum, Jay, hinter den Büschen entlang.« Und einmal, mit merkwürdiger Aufrichtigkeit: »Ich allerdings werde dich nie hintergehen, Jay.«

Durch das Wäldchen gelangte man zu einer kleinen Wildnis mit hartem Gras und Brombeerbüschen, dann zu einer wuchernden Hecke, wo es einen Ausgang aus dem Besitz von Upleigh gab. Dazu musste sie das Fahrrad über einen Übertritt heben, aber das hatte sie oft genug getan. Sie hätte ihr Fahrrad – wie sie es gewöhnlich tat – in der Hecke verstecken können. Aber sein knapper Befehl hatte sie ermächtigt. Zur Eingangstür.

Jenseits der Hecke – die an dieser Stelle dicht und wuchernd war und wo dem Anschein nach in den wenigen Stunden viele grüne Blätter und weiße schaumige Weißdornblüten gesprossen waren – verlief eine kurvige schmale Straße. Sobald sie die erreicht hatte, konnte sie überall hinfahren, mit dem Fahrrad unterwegs an einem himmlischen Sonntagnachmittag.

Doch einen lähmenden Moment lang wusste sie nicht, in welche Richtung sie sich wenden sollte. Es musste ungefähr drei Uhr sein. Den halben Nachmittag hatte sie noch für sich. Links herum ging es auf kürzestem Weg nach Beechwood, also wählte sie den Weg nach rechts. Aber wohin? Sie schwang sich in den Sattel und entschied, dass es nicht wichtig war; allein wichtig war, dass sie fuhr und die warme, belebende Luft spürte, und da es rechts herum erst ein langes sonniges Stück bergab und dann zu einer leichten Anhöhe (hinter Upleigh) ging, war ihr Entschluss, sich treiben zu lassen, bestätigt.

Erst trat sie kräftig in die Pedale, dann ließ sie das Rad rollen, es wurde schneller, und sie hörte das Surren der Räder und spürte den Fahrtwind in ihrem Haar und ihren Kleidern, ja, in ihren Blutbahnen. Ihre Adern sangen, und sie selbst hätte auch singen können, wenn der Fahrtwind ihr nicht den Mund verschlossen hätte. Nie würde sie dass Gefühl seliger Freiheit, das sie empfand, den Rausch, dass alles möglich war, erklären können. Im ganzen Land hatten Dienstmädchen und Köchinnen und Kindermädchen einen Tag frei bekommen, aber war auch nur eine von ihnen – war Paul Sheringham – so sorgenfrei wie sie?

Hätte sie das, was sie heute getan hatte, tun können, wenn sie eine Mutter gehabt hätte, die sie besuchen konnte? Hätte sie das Leben, das sie noch gar nicht kannte, haben können? Hätte ihre Mutter wissen können, als sie ihre entsetzliche Entscheidung traf, welchen Segen das für ihre Tochter bedeutete?

Und als wäre sie ihre eigene Mutter, würde sie das Mädchen auf dem Fahrrad nie vergessen, auch wenn sie es nie jemandem gegenüber erwähnte, nie auch nur ein einziges Wort darüber sagte.

Mädchen? Sie war zweiundzwanzig. Der Fahrtwind blies ihr unter den Rock, das Pessar steckte noch in ihr drin.

Auf der Anhöhe war eine Wegkreuzung mit einem der typischen ländlichen Wegweiser, schwarze Schrift auf weiß gestrichenem Holz. Sie hätte jede Richtung wählen und für immer in die Ferne entschwinden können. Sie hatte ihren verborgenen Schatz. Sie hatte heimlich in dem Haus hinter den Hecken von einer Pastete gegessen und aus einer Flasche Bier getrunken!

Aber sie blieb eine Weile an der Kreuzung stehen. Drei Uhr. In Henley war das Dessert sicherlich vorbei, und man unterhielt sich womöglich über das bevorstehende Ereignis. Mr Hobday hätte sich in einer Haltung wohlwollender Autorität etabliert, und Mr Niven hegte möglicherweise die Hoffnung, dass er an den Kosten nicht beteiligt werden würde. Unterdessen hatten die beiden jungen Leute in Bollingford, um die das freudige Gespräch in Henley kreiste, wunderbarerweise – wer weiß? – ein endgültiges Zerwürfnis vermieden. Den Vulkanausbruch mit Champagner gelöscht. Emma Hobday hatte sich womöglich Paul Sheringhams unverwundbarer Haltung gebeugt. »Ist das dein Ernst, Emsie? An einem Tag wie diesem? Bloß weil ich eine halbe Stunde zu spät gekommen bin. Gut, vierzig Minuten. Aber was sind schon zehn Minuten?« Inzwischen hatte seine Hand ihr Knie gefunden.

Hätte es alles so gehen können? All die Szenen. Nur mal angenommen.

Sie stand an der Kreuzung, einen Fuß im Gras, den anderen auf dem Pedal. Keinerlei Verkehrsmurmeln war zu hören, aus keiner Richtung. Nur das Zwitschern der Vögel und, in der warmen Luft, das halb vernehmbare Rühren und Dehnen von allem. Frühling.

Sie schlug den Weg nach links ein und bog nach ungefähr einer Meile wieder links ab. Es war ein längerer Weg zurück nach Beechwood. Sie hatte immer noch den Rest des Nachmittags für sich, und jetzt wusste sie auch, wie sie ihn verbringen wollte.

So, wie sie es getan und wie sie es Mr Niven erklärt hätte, wenn die Umstände es nicht anders bestimmt hätten. Oder sie hätte einfach mit dem Fahrrad losfahren, ein Sandwich von Milly und die Halfcrown in der Tasche, und eine stille, sonnige Stelle finden können. Dort hätte sie gesessen oder gelegen, neben ihrem Fahrrad und mit ihrem Buch. Ein Buch von Joseph Conrad.

Sie hätte das Buch gleich mitnehmen können, dachte sie, dann hätte sie es jetzt zur Hand. Aber das war absurd. Zur Eingangstür, das Pessar – und ein Buch dabei? Trotzdem hätte sie, wenn das Telefon nicht so triumphierend geklingelt hätte, das mit dem Buch und dem Garten sagen können.

»Wenn das in Ordnung ist, Mr Niven.«

Und er, das charmante Bild vor Augen, hätte gesagt: »Natürlich ist das in Ordnung, Jane.«

Und jetzt würde sie den Tag, ihren Muttertag, so beenden, wie er angefangen hatte.

Und so kam es – weil sie die Verabredung mit einem Buch, mit Joseph Conrad, einhalten wollte –, dass sie links und wieder links abbog und, wenn auch nicht auf direktem Wege oder besonders schnell, früher als nötig nach Beechwood zurückkehrte. Noch konnte sie den herrlichen Sonnenschein und das berauschende Lebensgefühl auf dem summenden, sirrenden Fahrrad auskosten. Noch konnte sie die Ereignisse dieses Tages fest in ihrem Gedächtnis verankern.

Und so kam es, dass sie Beechwood kurz nach vier erreichte, wo sie zu ihrer Überraschung feststellte, dass Mr und Mrs Niven auch schon zurück waren. Mr Niven stand auf dem Kiesweg, als sie die Auffahrt heraufkam, neben dem Humber, fast so, wie sie ihn am Morgen das letzte Mal gesehen hatte, aber, wie sie im Näherkommen erkannte, in einer ganz anderen Verfassung. Und er sagte: »Jane. Bist du das, Jane?«

Was für eine seltsame Äußerung. War sie eine andere?

»Jane, bist du das – so früh zurück? Es hat einen schrecklichen Unfall gegeben.«

Später, nachdem es längst ihre Beschäftigung geworden war – ihr Beruf und zudem der Grund, warum sie »bekannt« war –, Geschichten zu schreiben und sich intensiv mit Wörtern zu beschäftigen, wurde ihr oft eine andere wiederkehrende und müßige Frage gestellt: »Wann – und wie – sind Sie Schriftstellerin geworden?« Die Frage hatte sie oft genug beantwortet, und es ging wirklich nicht, dass man sie immer wieder anders beantwortete. Aber die Menschen kamen nicht darauf – was verwunderlich war, denn schließlich war sie eine Geschichtenerzählerin –, dass sie, indem sie ihre bereitliegende Antwort gab, vielleicht ebenfalls eine Geschichte erzählte, dass ihre Antwort nur erfunden war. Die Menschen nahmen sie beim Wort. Natürlich war es eine gute Antwort, eine ziemlich unanfechtbare.

»Mit der Geburt. Natürlich, mit der Geburt«, sagte sie, auch wenn ihr die Frage gestellt wurde, als sie schon in den Siebzigern und Achtzigern war und ihre Geburt, die immer schon eine geheimnisvolle Sache gewesen war, inzwischen ein sehr weit entrücktes und sonderbares Ereignis war.

»Ich bin Waise«, sagte sie dann zum soundsovielten Male. »Ich kenne weder meinen Vater noch meine Mutter. Auch meinen wirklichen Namen nicht. Falls ich je einen hatte. Und das schien mir immer die beste Voraussetzung für den Beruf des Schriftstellers – besonders für einen Geschichtenerzähler. Ohne Empfehlungen zu kommen. Ein leeres Blatt ausgehändigt zu bekommen, oder besser noch, ein leeres Blatt *zu sein*. Ein Niemand. Wie soll man ein Jemand werden, wenn man nicht erst ein Niemand war?«

In ihrem Auge erschien dann vielleicht ein typisches Glitzern, im Mundwinkel eine kleine Falte, und ihr Interviewer dachte womöglich, dass in ihrem Ausdruck durchaus etwas Gewitztes lag. Jane Fairchild war für ihre Verschmitztheit bekannt. Aber der Blick war trotz des Glitzerns direkt, das Gesicht trotz der Falten im Grunde klar. Es schien sogar die unschuldige Gegenfrage zu stellen: Glauben Sie, ich würde lügen?

»Nicht nur Waise«, fuhr sie vielleicht fort, »sondern Findelkind. Das ist auch ein gutes Wort. Heute nicht mehr so gebräuchlich wie früher, nicht wahr? Findelkind. Es klingt wie ein Wort aus dem achtzehnten Jahrhundert. Oder aus einem Märchen. Aber ich wurde auf den Stufen eines Waisenhauses abgelegt – vermutlich in einer Art Bündel – und von den Schwestern aufgenommen. So hat man es mir erzählt. Damals gab es Häuser, wo man das tun konnte. 1901. Die Welt war da noch eine andere. Nicht unbedingt der Eintritt ins Leben, den man sich wünschen würde. Aber in anderer Hinsicht« – und da war wieder dieses Glitzern – »der beste.«

»Mein Name – Fairchild – ist einer, den man Findelkindern gab. Damals kamen aus den Waisenhäusern viele Fairchilds, Goodchilds, Goodbodys, und so weiter – vermutlich um den weiteren Lebensweg zu begünstigen. Manchmal fragen mich die Leute – warum, weiß ich nicht –, ob ich unter meinem eigenen Namen schreibe. Ja, natürlich. Es ist der Name, den man mir gegeben hat. Jane Fairchild. Es könnte ebenso gut ein Pseudonym sein. Ich hätte mich auch Jane Foundling nennen können. Das klingt doch recht gut, meinen Sie nicht?«

»Und Jane?«

»Ach, das ist einfach ein altmodischer Mädchenname, nicht wahr? Jane Austen, Jane Eyre, Jane Russell …«

Und mit einem neuerlichen Glitzern in den Augen und einem Schürzen der Lippen schien sie sagen zu wollen, dass sie mit einer angeborenen Erlaubnis zu erfinden auf die Welt gekommen sei. Und mit einem tiefen Interesse daran, wie Wörter den Dingen anhaften.

»Mein Geburtsrecht, gewissermaßen.«

Aber nie enthüllte sie, dass der Tag, an dem sie wirklich zur Schriftstellerin wurde, an dem der Same wahrhaftig in sie eingepflanzt wurde (und das war das wesentliche Wort, Same), ein warmer Tag im März war, als sie zweiundzwanzig Jahre alt war und ohne eine Faser am Leib – nackt, könnte man sagen, wie am Tag ihrer Geburt – in einem Haus herumgegangen war und sich mehr als Jane Fairchild gefühlt hatte, mehr sie selbst war als je zuvor, und gleichzeitig – auch das mehr als je zuvor – wie ein Geist, der zu Gast war. Und deutlich empfand, was es wirklich bedeutete, in dieser Welt einen Platz zugewiesen zu bekommen, auf der unvergleichlichen Stufe zur Welt sozusagen abgesetzt zu werden.

Wie konnte man so etwas in einem öffentlichen Interview ausbreiten (so lebhaft manche dieser Gespräche auch waren): Ich ging nackt in einem Haus herum, das mir nicht gehörte und in dem ich nie zuvor gewesen war. Wie ich dazu kam? Das war eine ganz andere Geschichte, eine, die sie, das hatte sie sich geschworen, nie erzählen würde. Daran hatte sie sich bisher gehalten. Und würde sich immer halten.

Trotzdem, hier war sie, eine, deren Beruf das Geschichtenerzählen war.

Es war Muttertag 1924. *Mothering Sunday*. Ein ganz anderer Tag als der, der heute Muttertag genannt wird. Und dazu kam, dass sie keine Mutter hatte.

Sie war in einem Waisenhaus aufgewachsen, war dann als Dienstmädchen in einen Haushalt gekommen. Dienstmädchen, auch ein Wort, das man heute nicht mehr oft hört, aber auch das war ein »Eintritt ins Leben«, den sie anderen Schriftstellern empfehlen würde (obwohl es in den Achtziger- und Neunzigerjahren des zwanzigsten Jahrhunderts kaum eine Empfehlung sein konnte). Denn man hatte eine Rolle als Beobachter des Lebens, man stand draußen und blickte hinein. Die Dienenden dienten und die Bedienten, sie lebten. Aber manchmal schien es ehrlich gesagt genau andersherum zu sein. Das Dienstpersonal hatte ein Leben, und das war hart, während die Bedienten oft nicht zu wissen schienen, was sie mit ihrem Leben anfangen sollten. Manche von ihnen waren ziemlich verloren …

Sie war mit vierzehn in einen Haushalt gekommen. Zwei Jahre später, 1917, wechselte sie ins Beechwood House in Berkshire. Sie war ein zweites Mal »aufgenommen« worden, könnte man sagen, von Mr und Mrs Niven, die kurz zuvor den Verlust von zwei Söhnen erlitten hatten und in den schwierigen Kriegsjahren nur ein junges (was so viel hieß wie billiges) Dienstmädchen zusätzlich zu der Köchin, die schon bei ihnen war, einstellen konnten.

Aus persönlichen Gründen (die aber nicht schwer zu verstehen waren) hatten sie ein Waisenkind eingestellt und dann entdeckt, dass das arme verlorene Ding einiges an Grips und Schneid besaß. Das Mädchen konnte lesen, wie sie feststellten, besser als die meisten Dienstmädchen und mehr als das Wort »Brasso« auf einer Dose, es konnte schreiben, und zwar nicht nur eine Einkaufsliste, und außerdem rechnen.

»Kannst du mir sagen, Jane, was drei Schillinge und Sixpence plus sieben Schillinge und Sixpence ergibt?«

»Elf Schillinge, Mr Niven, Sir.«

Sie hatte etwas gelernt.

Eines Tages stellte sich heraus, dass sie Bücher lesen wollte. Bücher! Und statt dass dies als Anmaßung und Frechheit aufgefasst wurde, regte es die im Haus ohnehin spürbaren wohltätigen Impulse weiter an. Es rührte Mr Nivens Neigung zu väterlicher Nachsicht: dieses Waisenkind – dieses Fairchild – wollte Bücher aus seiner Bibliothek ausleihen.

Dann erfuhr er, welche Bücher sie am liebsten las, und hätte sanften, aber festen Widerspruch einlegen können, aber vielleicht beförderte diese ihre Vorliebe seine Nachsicht umso stärker. Manchmal verschwand Mr Niven selbst in der Bibliothek und war abwesend. Dazu, so dachte sie manchmal, gab es Bibliotheken: damit Männer in ihnen verschwinden und sich wichtig fühlen konnten, obwohl sie abwesend waren. Manchmal glaubte sie, Mr Niven ging in die Bibliothek, um zu weinen.

Die Nachsicht erstreckte sich auch auf ihre eigenen gelegentlichen »Abwesenheiten«. Im Allgemeinen hatten Mr und Mrs Niven keine Klagen über ihre Arbeit, eher im Gegenteil, aber manchmal war sie, zusätzlich zu den Tagen oder halben Tagen, die sie ohnehin frei hatte, nicht anwesend. Und manchmal brauchte sie furchtbar lange, um einen kleinen Einkauf zu erledigen. Oder sie behauptete, sie habe einen Platten gehabt oder die Kette sei abgesprungen (auf dem Zweiten Fahrrad schien ein Fluch zu liegen) und habe die freundliche Hilfe anderer Radfahrer in Anspruch nehmen müssen. Und dann gab es Zeiten – zugegeben, gewöhnlich in den stilleren Stunden des Tages – wenn sie einfach nicht auffindbar war.

Doch jetzt konnten diese Abwesenheiten vielleicht erklärt werden. Oft hatte sie sich ein paar Minuten lang in ihre Kammer zurückgezogen, nicht, wie man teilnahmsvoll annehmen konnte, um in aller Stille ihr trauriges Schicksal als Waise zu beweinen, sondern um ein Buch zu lesen. Schließlich konnte man ihr kaum gestatten, Bücher auszuleihen, und ihr dann nicht die Zeit zubilligen, um diese Bücher zu lesen. Und das Haus war nicht mehr, das musste man einsehen, ein wie in alten Zeiten streng geführtes, reglementiertes Haus. Wohin Reglementierung die Welt gebracht hatte, war ja allseits sichtbar.

Hatte Mr Niven, hatten er und seine Frau, sich je gewundert, je eine Ahnung gehabt?

Oh ja, sagte sie jedes Mal mit leuchtenden Augen, es sei ein Glück, dass sie mit nichts als ihrem Namen auf die Welt gekommen sei. Eigentlich nicht einmal mit einem Namen. Und ohne echtes Geburtsdatum. Sie war also nicht nur namenlos, sondern auch alterslos. Und ihr achtzig Jahre altes Gesicht strahlte.

Der erste Mai war als Geburtsdatum für sie eingetragen worden, was eine grobe Annäherung war und außerdem ein schönes Datum, so wie Jane Fairchild ein schöner Name war. Offenbar steckten manche Mütter einen kleinen Zettel in das Bündel, auf dem nichts weiter als das Geburtsdatum und der Name standen. Nur der Vorname. Je gewöhnlicher, desto besser. Eine Laetitia war noch nie auf den Stufen des Waisenhauses abgegeben worden. Und bei Licht besehen war der Name ja nur ein Gedanke. Aber war nicht jeder

Name ein Gedanke? Warum wurde ein Baum Baum genannt?

Ihr hätte es vielleicht sogar gefallen, wäre ihr Name Jane Bundle gewesen.

Und war es wichtig, ob man seinen Geburtstag am falschen Tag beging? Wenn jetzt der 25. April ihr Geburtstag gewesen wäre, und man hätte es nicht gewusst? Der falsche Tag wurde der richtige. Das war eine der großen Erkenntnisse über das Leben: Dichtung und Wahrheit vermischten sich fortwährend, wechselten die Plätze. Wenn man Dienstmädchen war, hatte man sowieso nicht viel Gelegenheit, seinen Geburtstag zu feiern – falls jemand den Tag wusste. Man bekam dafür nicht frei. Und Dienstmädchen zu sein war so, wie Waise zu sein – man lebte in dem Haus von anderen, man hatte kein eigenes Zuhause.

Außer am Muttertag. *Mothering Sunday*. Da bekam man den Tag frei, um zu seiner Familie fahren zu können. Sie war dann immer etwas ratlos. Was sollte sie tun, was sollte sie am Muttertag mit sich anfangen? Sie konnte wohl kaum nach ihrer Mutter suchen.

Andererseits, was hätte sie mit sich, mit ihrem Leben angefangen, wenn sie nicht Dienstmädchen gewesen wäre? Bei Licht besehen – und das faltige Gesicht erstrahlte wieder – war genau das ein menschliches Dilemma. Ratlos zu sein, nicht zu wissen, was man mit sich anfangen sollte.

»Meine Jahre als Dienstmädchen«, sagte sie, »meine Mädchenjahre.« Doch nie fügte sie hinzu: »Wenn auch nicht lange meine Mädchenjahre.« »Meine Jahre im Haushalt.«

Sich jetzt eine Zeit vorzustellen, in der die Hälfte der Gesellschaft »im Haushalt« arbeitete, war gar nicht so leicht. Sie war 1901 geboren – wenigstens das Jahr musste stimmen – und würde eines Tages, wie sich leicht vorhersagen ließ, als Dienstmädchen in einen Haushalt gegeben werden. Dass sie aber Schriftstellerin werden würde, das hätte niemand vorhersagen können. Nicht das freundliche Komitee des Waisenhauses, das sie als Jane Fairchild mit einem Geburtstag am ersten Mai neu ins Leben geschickt hatte. Und am wenigsten ihre Mutter, vermutlich.

Wenn sie in Interviews gebeten wurde, die Atmosphäre der Kriegsjahre zu beschreiben (natürlich war der Erste Weltkrieg gemeint), sagte sie, das sei so lange her und die Welt sei damals so anders gewesen, und wenn man sich heute daran erinnern wolle, sei es fast so, als würde man einen Roman schreiben. Hatte sie damals wirklich gelebt? Aber, sagte sie dann, wenn sie ehrlich sein solle, sei sie sich dessen bewusst gewesen – des allgegenwärtigen Gefühls von Trauer und Verlust. Wie hätte man sich dessen nicht bewusst sein können? Jede Woche machte sie in zwei Zimmern sauber, in denen »alles so bleiben« sollte. Man ging hinein, atmete tief durch und machte seine Arbeit.

Aber sie hatte sie nicht gekannt, die Jungen, deren Zimmer es waren, und was sie auch dachte: Ein ganzes Zimmer voller Möbel, *für jeden*. Und wenn man selbst von Geburt an mit allumfassendem Verlust gelebt hatte – und das war ja ihre Situation –, wie konnte man dann in die Trauer einstimmen, wie konnte man dafür noch Platz haben? Der Krieg war doch nicht ihre Schuld. Ja, sicher, man konnte sagen, sie habe Glück gehabt, weil sie keinen Bruder oder

Vater hatte, oder vielleicht schon einen Ehemann, um den sie trauern musste. Und, ja, man konnte sagen, sie habe Glück gehabt, weil sie in einem guten Waisenhaus aufgewachsen war, nicht jedes war ein Ort voller Schlechtigkeit. Ihre Mutter, wer sie auch war, hatte sich die Sache vielleicht gut überlegt.

Sie hatte eine elementare Schulbildung erhalten, während andere, die Eltern hatten, das nicht bekamen. Und viele, die zu den Schützengräben gekarrt wurden, hatten das auch nicht bekommen. Sie war mit vierzehn in einen Haushalt gekommen, sie war des Lesens und Schreibens kundig und hatte – ohne jede Familienbindung – vielleicht mehr Lebenslust als andere.

Und wer wollte nicht Jane Fairchild sein, mit einem Geburtstag am ersten Mai?

Oh ja – und ihr Gesicht strahlte wieder –, es sei ihr großes Glück gewesen, dass sie mittellos geboren worden sei.

»Bist du ein Weißenkind, Jane?«, fragte die Köchin Milly, nachdem sie das Mädchen nach ihrer Ankunft zunächst eingehend betrachtet hatte, als müsse sie bestimmen, mit welcher Sorte sie es zu tun hatte.

»Meine Mutter war nämlich auch ein Weißenkind.«

Hatte sie das wirklich so gesagt? Und wenn, hatte sie das Wort absichtlich und wissentlich benutzt – in dem Bewusstsein, dass sie ein falsches Wort benutzte? In Millys Augen stand der Ausdruck reiner Einfalt und Offenheit. Machte es überhaupt etwas aus, ob sie das falsche Wort gesagt hatte – wenn das falsche Wort ein besseres war? Es hätte sich nicht gehört, Milly auf den Fehler und damit auf ihre mangelhafte Schulbildung hinzuweisen und gleichzeitig ihre eigenen Fertigkeiten herauszustellen. Vorausgesetzt, es war ein Fehler.

Und wenn man ein Waisenkind war, vielleicht wurde man dann ein Weißenkind, so wie Aschenbrödel zur Prinzessin wurde.

Hatte Milly das wirklich gesagt? Oder hatte sie falsch gehört? Oder hatte sie das kleine Gespräch zwischen sich und Milly erfunden? Damals schon? Wohl kaum. Die große Wahrheit des Lebens. Eines Tages sollte sie nämlich in ihrem Roman *Erzähl es mir noch einmal* eine Gestalt erfinden – eine Nebenfigur zwar, aber eine sehr lebendige (ursprünglich sollte sie Milly Cook heißen) –, die Wörter häufig missverstand. Die »Buttermandel« statt »Bittermandel« sagte. Und tatsächlich nahm die lebende Milly im Laufe ihrer eigenen »Jahre als Dienstmädchen« in Beechwood, bis zu dem fraglichen Muttertag, immer mehr die Eigenschaften einer Köchin aus einem Kinderbuch an – sie war klein und rundlich und hatte rote Wangen und dicke Arme, in denen sie gut eine Rührschüssel halten konnte.

Aber wichtiger war – und dazu seltsam unmissverständlich –, dass die Köchin Milly, die nur drei Jahre älter war als sie selbst, sich indirekt als ihre, Jane Fairchilds, Ersatzmutter anbot. Und das tat sie mit solcher Aufrichtigkeit, dass das neue, verunsicherte Dienstmädchen dieses Angebot sofort wortlos annahm. Und es auch nicht zurückwies, als sich herausstellte, dass sie um einiges heller war als Milly, die sich weder durch Klugheit noch Gewitztheit auszeichnete und viel eher als das Kind angesehen werden konnte.

Trotzdem würde sie sich für alle Zeiten fragen, ob Milly wirklich »Weißenkind« hatte sagen wollen. Und ob Milly in all den Jahren das mit ihr und Paul Sheringham gewusst oder geahnt hatte.

Schließlich nannte sie die Gestalt in ihrem Roman Molly Cook. Und der Zeitraum, für den Milly gewissermaßen ihre Ersatzmutter war, umfasste sieben Jahre, denn ein halbes Jahr nach dem fraglichen Muttertag wurde Köchin Milly, die immer schon sonderbare Anwandlungen mit Wörtern gehabt hatte, noch viel verquerer im Kopf, und man brachte sie an einen Ort (sie erfuhr nie, wohin, vielleicht war ihre eigene Mutter auch dort), wohin Frauen ihres Standes und in ihrem Zustand gebracht wurden und von wo sie nie mehr zurückkamen.

So war sie ein zweites Mal verwaist, könnte man sagen.

Und wenn Waisenkinder jetzt tatsächlich Weißenkinder genannt wurden? Und der Himmel Erde hieß. Und wenn Bäume Osterglocken hießen. Würde das an der Natur der Dinge etwas ändern? Oder an ihrem Geheimnis?

Und wenn sie jetzt nicht auf dem Bett liegen geblieben, sondern mit ihm die Treppe hinuntergegangen wäre, immer noch nackt, die Füße kühl auf den Schachbrettfliesen, und eine Orchidee aus der Schale genommen und an sein Revers gehalten hätte?

»Für mich. Weil wir uns nie wiedersehen werden.«

Wie eine weit hergeholte Szene aus einer weit hergeholten Geschichte.

Sie wurde Schriftstellerin, und weil sie Schriftstellerin war, oder weil etwas sie zur Schriftstellerin machte, war sie beständig von der Unbeständigkeit der Wörter umgetrieben. Ein Wort war kein Ding, das nicht. Ein Ding war kein Wort. Aber irgendwie wurden die beiden unzertrennlich. War alles eine Konstruktion? Wörter waren wie eine unsichtbare Haut, sie umhüllten die Welt und verliehen ihr Wirklichkeit. Trotzdem konnte man nicht sagen, dass die Welt nicht da wäre, dass sie nicht wirklich wäre, wenn man die Wörter wegnähme. Bestenfalls konnte man sagen, dass die Dinge die Wörter segneten, die sie auszeichneten, und dass die Wörter alles segneten.

Aber diese Gedanken äußerte sie nie in Interviews.

Manchmal diskutierte sie – auch im Bett – mit ihrem Mann Donald Campion darüber. Sie nannte ihn den großen Sezierer. Er nannte sie die große Viviseziererin. Dann streckte sie ihm die Zunge raus.

»Und was muss man noch haben, wenn man Schriftstellerin werden will?«

»Na, man muss verstehen, dass Wörter nichts als Wörter sind. Einfach Luft …«

Die Krähenfüße um ihre Augen tanzten.

»Ach, Abenteuergeschichten, natürlich, Jungengeschichten. Obwohl der Krieg immer noch tobte und der ganze Jungenkram völlig unsinnig war. Alles nur Quatsch.«

»Und – die Jungen selbst?«

»Meinen Sie – Abenteuer mit Jungen …?«

Sie wurde Schriftstellerin. Sie wurde achtundneunzig Jahre alt. In ihrem Leben hatte sie zwei Weltkriege und die Regentschaft von vier Königen und einer Königin erlebt. Beinah wären es zwei Königinnen gewesen, denn sie musste ganz am Ende der Regentschaft von Königin Victoria gezeugt worden sein.

Sie war zehn Jahre alt, als ein großes Schiff mit einem Eisberg zusammenstieß und noch ein paar mehr Kinder zu Waisen machte. Sie war zwölf Jahre alt, als eine Frau sich vor ein königliches Pferd warf. Sie war gerade fünfzehn geworden, als sie einen Sommer lang in einem großen Haus arbeitete – nie zuvor hatte sie einen solchen Palast gesehen – und alles über nächtliche Ergüsse erfuhr.

Sie war fast so alt wie das Jahrhundert und wusste, sie hatte genug erfahren – und geschrieben. Es würde sie nicht betrüben, sagte sie fröhlich, wenn sie es nicht bis zum Jahr 2000 schaffte. Ohnehin sei es ein Wunder, dass sie so alt geworden war. Ihrem Leben sei eine »19« vorangestellt, und neunzehn war ein gutes Alter. Ihr Gesicht leuchtete.

Eigentlich war es auch nicht so viel, all das Erfahren, in den siebzig, achtzig, neunzig Jahren. Ihre »Jahre als Dienstmädchen«, ihre »Oxford-Jahre«, ihre »Londoner Jahre«, ihre »Donald-Jahre«. Man lebte in seiner eigenen Nische, richtig? Die ganzen Jahre am Schreibtisch! Auch die Jahre ihrer sogenannten Berühmtheit, als sie durch die Welt geschickt wurde, an Orte, von denen sie nie zuvor zu träumen gewagt hätte – sie waren im Nu vorbeigezogen. Und dann hieß es: »Jane Fairchild mit siebzig«, »Jane Fairchild mit fünfundsiebzig«, »Jane Fairchild ist achtzig«. Meine Güte! Und immer dieselben Fragen.

Aber wenn man das zählte, was sie sich ausgedacht hatte. Also, dann … die Orte, die Szenen. *Alles ausgedacht*, so lautete der Titel ihres bekanntesten Buches. Und konnte sie es voneinander trennen, das, was sie sich ausgedacht hatte, und das, was in ihrem Leben wirklich passiert war? Natürlich konnte sie das, sie war ja kein Fantast. Und gleichzeitig konnte sie es auch nicht. Das bedeutete es doch, Schriftsteller zu sein: Sich dem Stoff des Lebens in die Arme zu werfen. Das war der Sinn des Lebens – sich ihm in die Arme zu werfen.

»Ihre Oxford-Jahre«! Das war ein Beispiel dafür. Ja, sie war in Oxford gewesen. Das konnte sie aufrichtig sagen, nur nicht so, wie manche Leute es sagten. Aber in Interviews sagte sie zu gern und ganz unbekümmert: »Ja, ich war in Oxford …« »Als ich in Oxford war …«

Im Oktober 1924 war sie nach Oxford gegangen, um in einer Buchhandlung zu arbeiten, in Paxton's Bookshop, Catchpole Lane. Und Bücher, das wusste sie inzwischen, waren für sie eine Notwendigkeit, die Grundfeste ihres Lebens.

Es war ihre erste Anstellung nach der als Dienstmädchen und der erste Schritt ins Leben, den sie selbst unternommen hatte. Kein großer Schritt, konnte man sagen, der vom Dienstmädchen zur Verkäuferin, aber einer, der Initiative und Wagemut erforderte, auch eine Fähigkeit zum Formulieren, als sie sich auf die Anzeige meldete. Und er hatte der Mithilfe von Mr Niven bedurft, weil er ihr eine Empfehlung schreiben musste. Vielleicht hatte er geschrieben, dass sie seine Bibliothek ausgiebiger genutzt hatte als er selbst.

Jedenfalls hatte sie die Stelle bekommen. Mr Niven musste verstanden haben, was für ein großer Schritt das für sie war und wie fest entschlossen sie war, ihn zu machen, denn bei ihrem Abschied gab er ihr zehn Pfund (zehn Pfund!), damit sie sich in Oxford einrichten konnte. Zusätzlich hatte sie das Geld, das sie von ihrem Gehalt gespart hatte (schließlich gab es keine Familie, die Forderungen an sie stellte), ganz abgesehen von den Halfcrowns und den Zweischillingstücken, die Mr Niven ihr hin und wieder geschenkt hatte.

Mr Niven hatte Sparsamkeit gelernt, doch gelegentlich praktizierte er auch Großzügigkeit.

Inzwischen war Milly nicht mehr da, und es gab eine neue Köchin, Winifred, und bald würde es ein neues Dienstmädchen geben. Und sie, Jane Fairchild, würde nicht wissen, wie es in Beechwood oder Upleigh weiterging. Sie würde nie wieder dorthin zurückkehren. Fast war es ein Aberglaube. Manche Dinge, manche Orte erhalten eine wahrhaftigere Existenz in der Vorstellungskraft. Auch als sie später ein Auto hatte – besonders als sie ein Auto hatte –, kam sie nie wieder zurück, sie fuhr nie vorbei, um anzuhalten, sich umzusehen, sich zu erinnern.

Sie ging nach Oxford, wo sie für Mr Paxton arbeitete. Sie war nur Verkäuferin, aber eine sehr taugliche, sie kannte sich immer besser mit Büchern aus und konnte – was vielleicht noch wichtiger war – gut mit den Kunden umgehen, zu denen normale Leser ebenso gehörten wie Leute von der Universität, selbst Professoren. Mr Paxton erkannte sehr schnell, dass sie eine Bereicherung war. Und noch etwas anderes wurde sehr schnell klar, nämlich dass sich ihre zunehmende Vertrautheit mit Büchern in einer zunehmenden Vertrautheit mit den Kunden spiegelte.

Sie fing an, sich mit Kunden zu verabreden, auszugehen, auch, mit ihnen ins Bett zu gehen, und es wäre nicht falsch zu sagen, dass sie darauf gehofft hatte, dass sie es sogar vorausgesehen hatte. Zwar konnte sie nicht an der Universität Oxford studieren, aber sie konnte mit denen, die das getan hatten, vertraut werden. Man konnte sogar sagen, dass sie sich in »Universitätskreisen« ungezwungener und freier bewegte als manche – arme Streber, die sie waren –, die dort studierten. Oft wurde sie sogar für das seltene und furchterregende Wesen, als das Studentinnen galten, gehalten.

»Und was studieren Sie?«

»Oh, ich studiere nicht. Ich arbeite in einer Buchhandlung.«

Es war erstaunlich, wie die Augen der Männer zu leuchten begannen.

Und später wagte sie sogar zu sagen: »Ich arbeite in einem Laden, aber ich schreibe auch.«

Und eines Tages, als sie in dem kleinen Hinterzimmer waren, sagte Mr Paxton, genauer Beobachter und eingeschworener Familienmensch: »Ich will eine neue Schreibmaschine kaufen, Jane. Diese hat bessere Tage gesehen.« In seinen Augen stand ein seltsam störrischer Ausdruck, als hätte er zu sich selbst gesprochen. Die alte Schreibmaschine taugte durchaus noch.

»Möchten Sie sie haben?«, fragte er.

Und von da ab, könnte man sagen, wurde sie wirklich zur

Schriftstellerin. Zum dritten Mal. Zum ersten Mal bei der Geburt. Zum zweiten Mal an einem sonnigen Tag im März, als sie eine Stelle als Dienstmädchen hatte.

Ihre Zeit in Oxford! Ihre Jahre in Oxford! Das waren Zeiten! Sie hatte Oxford gründlich kennengelernt. Sie hatte dort viel gelernt. Und manchmal war sie, um die Wahrheit zu sagen, die Lehrerin. Selbst die hellsten Köpfe im Land lernten von ihr. Wie viele in Oxford? Ach, das wusste sie jetzt nicht mehr. Und natürlich lernte sie in Oxford auch ihren Mann kennen, Donald Campion. Aber das war eine ganz andere Geschichte. Komisch, wie man das sogar vom Leben selbst sagen konnte: Das war eine andere Geschichte.

»Vermutlich war es nicht gerade eine einfache Ehe? Ihre Ehe mit Donald Campion?«

»Wie kommen Sie darauf?«

»Nun – zwei Persönlichkeiten. Zwei Karrieren. Er war schließlich ein junger und begabter Philosoph.«

Sie sagte nicht: »Es war auch eine körperliche Sache.« Obwohl sie mit achtzig so etwas ungescholten hätte sagen können. In Wahrheit – eine Wahrheit, die Donald nie erfuhr – hatte Donald sie an Paul Sheringham erinnert. Und das würde sie niemals in einem Interview preisgeben.

»Wollen Sie damit sagen, es war nicht genug Platz für beide, seine Bücher und meine Bücher?« Aber auch das sagte sie nicht. Manchmal war keine Antwort ebenso wirksam wie eine scharfe Replik. Es war doch eine gute Maskierung, achtzig Jahre alt zu sein und ein Gesicht voller Falten zu haben.

»Und – tragisch kurz.« Der Interviewer tappte unbeholfen weiter.

»Donald oder die Ehe?« Aber auch das sagte sie nicht.

»Ja, tragisch«, sagte sie mit messerscharfer Stimme. Und sie sagte nicht, was sie auch hätte sagen können, denn mit achtzig konnte sie es sich leisten, wie ein Orakel zu sprechen: Wir sind alle Brennstoff. Wir werden geboren, und wir brennen, manche schneller als andere. Und es gibt unterschiedliche Zündstoffe. Aber nicht zu brennen, nie zu entflammen, das wäre wahrhaftig ein trauriges Leben.

Irgendwo hatte sie das auch schon gesagt, etwas Ähnliches zumindest, in einem ihrer Bücher. Und um ehrlich zu sein, war die Trauer um Donald, der zweite Verlust ihres Lebens, wie das Ende ihres eigenen. Sie hätte mit ihm verbrannt werden mögen. Aber stattdessen wurde sie als Schriftstellerin immer bekannter und berühmter.

Alles ausgedacht. Als Donald im Herbst 1945 an einem Gehirntumor starb, war das Buch noch nicht veröffentlicht. Es war noch nicht fertig, und in gewisser Weise war es nicht einmal begonnen. Er sei zu hirnlastig, hatte er gewitzelt. Und dass er jetzt keine Staatsgeheimnisse mehr knacken würde, war auch so ein Witz. Den Krieg hatte er als Codebrecher überlebt, seine besten Arbeiten standen noch bevor. Nur dass es jetzt – das war ihr Witz – ein erdichtetes Werk wäre.

»Wir hatten mit demselben Material zu tun, müssen Sie wissen. Donald und ich. Mit Wörtern und dergleichen.«

Als Titel hatte sie *Alles im Kopf* erwogen. Auch *Staatsgeheimnis* hatte sie erwogen. Aber konnte man einen Roman mit diesem Titel veröffentlichen? *Alles ausgedacht* … *Alles im Kopf* … Beides klang abstrakt, etwas hirnlastig. Ha! Nach zwölf Jahren Ehe mit einem Philosophen.

Mehr als in den anderen ging es in diesem Buch um Körperliches, um Geschlechtliches, es war ein unverblümt sexuelles Buch. Sie hatte endlich eine Form gefunden, in der sie über all das schreiben konnte. Und es war ihr eigentlicher Durchbruch. Sie war achtundvierzig, für eine Schriftstellerin nicht alt (das war eine Gnade), aber zu alt, um Mutter zu sein, wovor sie aus persönlichen Gründen immer zurückgescheut war. Man könnte sagen, sie hatte keine guten Vorbilder für die Mutterrolle. Außer Milly. Und nachdem Donald mit seinen blaugrauen Augen und seinem hämmernden Lachen nicht mehr da war, wünschte sie sich, sie hätte nachgegeben.

Achtundvierzig und berühmt. *Alles ausgedacht*. Manche Leser waren schockiert, entsetzt. Es war ja erst 1950. Zwanzig Jahre später galt es als zahmes Buch. Und sie war – das machte es nur noch schlimmer – eine »Dame, die Romane schrieb«. Eine Dame, die Romane schrieb? Woher hatten sie das? Und für wen hielt man sie?

Achtundvierzig, berühmt, verwitwet, kinderlos, und ihr Leben als Waise noch nicht halb vorbei.

»Es hat einen schrecklichen Unfall gegeben.«

Während Mr Niven sprach, bewiesen die Wörter wieder einmal ihre Fähigkeit, sich von den Dingen zu lösen. Er hatte solche Mühe, Worte zu finden, und ihre Erlebnisse vom Vormittag waren noch so lebendig, dass sie dachte, er habe »einen schrecklichen Vorfall« gesagt. Es hat einen schrecklichen Vorfall gegeben. Selbst Milly hätte diesen Fehler nicht gemacht.

Und als er nach ein paar weiteren Worten sagte: »Du bist ganz bleich geworden, Jane«, hatte sie den flüchtigen Gedanken, dass dies etwas war, das nur Menschen in Büchern widerfuhr. Nur in Büchern »erbleichten« Menschen oder hatten »umwölkte Gesichter« oder Augen, aus denen es »blitzte« oder Blut, das ihnen »in den Adern stockte«. In Büchern, die sie gelesen hatte.

»Es tut mir unsäglich leid, Jane, was ich dir mitteilen muss. Am Muttertag.«

Als hätte seine Anwesenheit hier in Beechwood – es kam ihr so vor, als wäre er allein –, und zu dieser Stunde, allein den Zweck, ihr diese Mitteilung zu machen. Als wäre er mit der überraschenden Neuigkeit gekommen, dass sie keine Mutter hatte.

»Es hat einen Unfall gegeben, Jane. Einen tödlichen Unfall. Es betrifft Paul Sheringham. Mister Paul von Upleigh.«

Geistesgegenwärtig, reflexhaft fast, murmelte sie: »In Upleigh?«

»Nein, Jane, nicht in Upleigh. Auf der Straße. Ein Autounfall.«

Erst dann sagte er: »Du bist ganz bleich geworden, Jane.« Fast war es, als machte er einen Schritt nach vorn, die Arme ausgestreckt, etwas zögernd zwar, aber zuspringend, weil er glaubte, sie würde in Ohnmacht fallen.

Sie würde nie erfahren, welche Version des Unfalls samt seinen Folgen Mr Niven sich merkte. Wie er sie sozusagen »aufzeichnete«. Sie würde nie erfahren – aber das war eher ihre eigene plötzliche panikerfüllte Vermutung –, wie viel er *wusste*.

Sie hatte keine Vorstellung (auch mit siebzig oder achtzig nicht), ob andere Menschen – Menschen, die keine Schriftsteller waren – ihre Wahrnehmungen aufzeichneten. Das war ein Geheimnis.

Paul Sheringham tat es nicht. Das hätte sie jederzeit behauptet. Und das war es, was ihm Glanz verlieh. Verliehen hatte.

Er war losgefahren (das wusste sie), in dem Wissen, dass er sich verspäten würde, es sei denn, es ginge mit Zauberei zu und die physikalischen Gesetze würden kurzfristig außer Kraft gesetzt. Sie wusste (und das würde sie niemandem je erzählen), dass er keinerlei Anstalten gemacht hatte, sich zu beeilen – eher das Gegenteil –, obwohl er seine Braut treffen würde. Andererseits hatte er keine Mühe gescheut, sich tadellos auszustaffieren. Auch das wusste nur sie, denn nach dem Aufprall war das Auto in Flammen aufgegangen, und sein Körper war nicht nur zerquetscht worden, sondern auch verbrannt. Aber es wurden Objekte gefunden, wie sie später erfuhr, die Schlüsse über seine Bekleidung – und seine Identität – zuließen. Ein monogrammiertes Zigarettenetui, ein Siegelring. Der Wagen selbst war nicht so stark demoliert und konnte mühelos als Paul Sheringhams identifiziert werden, in dem er oft ziemlich sportlich gefahren war.

Ohne Zweifel wäre er deutlich verspätet angekommen.

Sodass Emma Hobdays zunächst flüchtige, dann sich verstärkende Gefühle – Verwunderung, Ärger, Empörung – einer ungeheuerlichen Mutmaßung wichen. Grundgütiger! Er ließ sie hängen. Ihr zukünftiger Ehemann hatte diesen Tag gewählt – diesen herrlichen Tag –, um sich aus dem Staub zu machen. Jura büffeln! Er hatte die Gelegenheit des verlassenen Hauses genutzt, um sie – zu verlassen! Und ins Blaue davonzufahren. Weil er den Gedanken, in nur zwei Wochen seine Verlobte zu ehelichen, nicht ertrug. Noch den an seine anderen bevorstehenden Verpflichtungen. Und das war seine Art, es ihr mitzuteilen. Unfassbar!

Kurzum, sie war schnöde sitzen gelassen worden. Und obwohl sie erkannte, dass ihre aufgebrachte Fantasie mit ihr durchgehen wollte und sie im Begriff war, hysterisch zu werden, meldete sich in ihr – sie kannte ihn eben doch – der Gedanke: Es sähe ihm ganz ähnlich.

Und deshalb …

Aber nur sie, Jane Fairchild, das Dienstmädchen von Beechwood, würde diese Szene »schreiben«. Emma Hobday war schließlich keine Gestalt in einem Buch. Sie war von ihr nicht erfunden worden. Wie Emma Hobday selbst die Szene geschrieben hätte, würde sie nie wissen.

Und deshalb … Und deshalb konnte Miss Hobday nicht einfach so dasitzen und immer wieder auf ihre zierliche Armbanduhr blicken, während andere Gäste sie anstarrten. Und während gleichzeitig ihr Magen peinlich knurrte. Sie hatte gefragt, ob sie das Telefon im Hotel benutzen dürfe. Das Ganze war undenkbar und peinlich. Aber in dem Moment stand sie im Zentrum einer Welt, die sie hinterging und die ihr zugesagte Zukunft durchkreuzte. Als Erstes hatte sie in Upleigh House angerufen. Keine Antwort. Das klingelnde Telefon schien sogar zu sagen: Das Haus ist leer, hier ist niemand, keiner hört das Klingeln. Also!

Dann, nachdem sie auf und ab gegangen war und sich auf die Lippe gebissen hatte und nach draußen gegangen war, um tief durchzuatmen, und dann in alle Richtungen Ausschau gehalten und den Gedanken, dass sie sich wie eine Wahnsinnige gebärdete, nicht unterdrücken konnte, hatte sie die Polizei angerufen. Vielleicht konnte die ihren abtrünnigen Verlobten verfolgen – verfolgen und einfangen – oder zumindest mit einer Erklärung aufwarten, die sie vor der größten Schande bewahrte.

Und deshalb musste die Polizei, auch wegen der Informationen, die ihr inzwischen vorlagen, ihre Anfrage aufnehmen und sie, das war das Wenigste, vor noch größerer Schande bewahren.

Darauf folgten mehrere schreckliche Telefonate in rascher Folge. Jetzt kümmerte man sich im Swan Hotel in Bollingford um eine junge Frau, die zwar unter Schock stand, aber trotzdem wesentliche Angaben machen konnte. Ja, im George Hotel in Henley. Weiter unten an der Themse. Dahin seien sie gefahren, da würden sie sein.

Falls sie sich nicht doch für ein Picknick entschieden hatten. Oder wenn sie jetzt nicht, einer plötzlichen Laune folgend, eine fröhliche Bootsfahrt auf der Themse machten und unerreichbar waren. Alles hatte wie ein von der Sonne begünstigtes Einläuten der bevorstehenden Eheschließung ausgesehen – an der das glückliche Paar auf eigenen Wunsch nicht teilnahm. Hätten sie sich bloß entschlossen mitzukommen!

Aber zum Glück waren sie alle noch im George, saßen noch zu Tisch, waren noch beim Dessert.

Und deshalb war der Tag von einem Moment zum nächsten völlig verwandelt.

Und deshalb war Mr Niven allein nach Beechwood zurückgefahren, aus Gründen, die er noch erklären würde. Aber die Gründe konnten nicht sein, dass er ihr das alles mitteilen wollte – denn sie hätte ja noch draußen sein können, wo sie ihren mutterlosen Muttertag verbrachte, vielleicht sogar am Flussufer.

»Jane, möchtest du dich setzen?«

Das wäre nur im Auto möglich gewesen. Wie Ethel und Iris am Morgen. Aber sie würde nicht in Ohnmacht fallen. Sie hielt den Lenker ihres Fahrrads umklammert.

Nach den vorliegenden Erkenntnissen wollte er – nachdem er sich aus welchen Gründen auch immer verspätet hatte – möglichst viel Zeit wettmachen. Auf jeden Fall musste er schnell gefahren sein. Er hatte eine Nebenstraße genommen, die zwar schmaler und kurviger war, aber dennoch eine Abkürzung darstellte und außerdem die Eisenbahngleise über eine Brücke querte, sodass man den Bahnübergang auf der Hauptstraße mied, wo die Schranke, wenn das Pech es so wollte, geschlossen sein konnte.

Aber er kam gar nicht bis zur Bahnlinie.

Er war dafür bekannt, dass er auf den schmalen Straßen der Gegend in seinem oft forschen, aber sicheren Stil fuhr. Die Abkürzung auf der Strecke nach Bollingford kannte er gewiss, desgleichen die enge Rechtskurve eine halbe Meile vor der Eisenbahnbrücke. Eigentlich war es eine Ecke, die vielleicht von einer früheren Uneinigkeit zwischen Vermessern und Landbesitzern zeugte. Genau am Scheitelpunkt der Biegung stand eine große Eiche und markierte die Gefahrenstelle. Und Paul Sheringham war frontal auf die Eiche gefahren.

Die Sonne schien, es war ein herrlicher Tag. Es war ganz und gar ausgeschlossen, dass er die Kurve mit der noch kahlen Eiche nicht gesehen hatte. Straßenschilder wiesen darauf hin. Und er musste Dutzende von Malen um diese Kurve gefahren sein. Vielleicht hatten die Bremsen versagt. Wegen des demolierten Zustands des Autos würde das nicht festzustellen sein. Vielleicht war ein anderer fataler Faktor wie ein freilaufendes Tier – da keine anderen Fahrzeuge beteiligt waren – schuld. Aber würde man gegen einen Baum fahren, um einen weit weniger schweren Zusammenstoß zu vermeiden?

Die Schlussfolgerung ebenso wie das Ergebnis der offiziellen Untersuchung lautete, dass sich ein schrecklicher, ja, ein »tragischer« Unfall ereignet hatte. Und zu dieser Schlussfolgerung kam man nicht nur aufgrund mangelnder Zeugen und Beweise, sondern auch, weil es die Schlussfolgerung war, die sich alle – die Sheringhams und besonders die Hobdays – wünschten. Niemand wollte glauben, dass Paul Sheringham zwei Wochen vor seiner Hochzeit mit Emma Hobday und dazu noch, während er auf dem Weg zu ihr war, aus irgendeinem anderen Grund mit dem Baum kollidiert war, als dem, dass es ein Unfall war.

Mr Sheringham, der Vater, hatte zweifellos erklärt, dass aufgrund der Besonderheit des Tages niemand im Haus von

Upleigh gewesen war, als sein Sohn aufbrach. Sowohl die Köchin als auch das Dienstmädchen seien zu der Zeit bei ihren Müttern gewesen. Darauf mochte sich der bebenden Brust von Mrs Sheringham ein Schluchzer entrungen haben. Und der Polizist war womöglich zu der Ansicht gelangt, er habe genügend Fragen gestellt, und hatte seinen Block eingesteckt.

Aber sie, Jane Fairchild, brauchte keine Fragen zu beantworten. Warum auch? Sie war nur das Dienstmädchen, das von Beechwood, nicht von Upleigh. Sie war mit dem Fahrrad unterwegs gewesen und nicht, wie der Zufall es wollte, in die Nähe des Unfallorts gekommen (obwohl Mr Niven geglaubt haben mochte, dass sie deswegen blass geworden war). Dann war sie zurückgekehrt, ein wenig eher als sie es vorgehabt hatte.

Und während sie nackt durchs Haus gegangen war, hatte sie – diese Möglichkeit wurde gar nicht ins Spiel gebracht – keinen fernen Aufprall gehört. Hatte es einen vernehmbaren Aufprall gegeben? Und sie hatte auch, sofern sie aus dem Fenster gesehen hatte, keinen Rauch am blauen Himmel gesehen.

Allerdings hatte sie das Telefon klingeln hören.

Mr Niven musste sie nicht festhalten. Nicht da. Sie fiel nicht in Ohnmacht, trotz ihrer Blässe.

Er sagte wieder: »Es tut mir so leid, Jane, so leid, dass ich dir das sagen muss.«

Warum kam es ihr in dem Moment, da sie die Farbe wechselte, so vor, als stünde sie neben sich? Man sagt es so:

»Sie steht neben sich«. Und jemand anders stünde an ihrer Stelle. Warum kam es ihr so vor, als wäre sie Emma Hobday? Oder Mr Nivens Tochter (obwohl er keine hatte), die zugleich Emma Hobday war. Und als wäre Mr Niven Mr Hobday. Als wären die Personen in dieser Geschichte alle durcheinandergewürfelt worden.

Warum schien es so, als würde Mr Niven sie in eine Anzahl verworrener Momente, die sie erlebt haben konnte, aber nicht erlebt hatte, hineinversetzen? Sie war nur das Dienstmädchen – und zeitweilig nicht einmal das. Warum schien es so, als hätte dieser Tag und seine neue entsetzliche Bedeutung – jetzt war nicht mehr Muttertag – die etablierte Ordnung der Dinge zwischen ihr und Mr Niven verzerrt?

So hätte er auch zu seiner Frau sprechen können.

»Jane. Jane, Clarissa – Mrs Niven – ist bei den anderen geblieben. Sie fand, sie könne dort von Nutzen sein. Emma – Miss Hobday – wird auch dorthin kommen. Falls sie sich in der Lage sieht zu fahren. Es wurde überlegt, ob alle zu ihr fahren sollten, nach Bollingford. Sie ist in Bollingford. Hatte ich das erklärt? Oder ob sie alle zum Haus der Hobdays fahren sollten. Es wurde überlegt, Jane, wo alle zusammenkommen sollten. Aber ich dachte, ich sollte hier sein, Jane. Ich dachte, es wäre besser, wenn ich hier wäre, um …«

»Ja, Mr Niven.«

»Um dann nach Upleigh zu fahren.«

»Nach Upleigh?«

»Ja, ich wollte im Haus erst telefonieren. Das habe ich gerade getan. Ich wollte gerade gehen. Ich habe mit Clar –

mit Mrs Niven – gesprochen. Im Moment sind sie noch in Henley, aber sie haben beschlossen, sich mit Miss Hobday im Haus der Hobdays zu treffen. Das ist der Entschluss. Und ich glaube, es ist der beste Plan. In erster Linie geht es um Miss Hobday. Mr und Mrs Sheringham wollen nicht nach Upleigh zurückkehren. Jetzt noch nicht. Das kann man verstehen. Später werde ich auch zu den Hobdays fahren. Ich bin froh – vielmehr es tut mir leid –, dass ich dir das alles erklären muss. Aber, Jane, du bist so früh zurück – ?«

»Ich dachte, Sir – aber es ist jetzt nicht wichtig – ich wollte zurückkommen und mein Buch lesen.«

»Dein Buch?«

»Ja.«

»Wenn Du – ich darf nicht –«

»Es ist nicht wichtig, Mr Niven. Das Buch ist nicht wichtig.«

»Jemand muss das Personal in Upleigh informieren, weißt du. Mr Sheringham hat mir gesagt, dass das Mädchen bei ihnen Ethel heißt. Und die Köchin heißt Iris.«

»Aber –«

»Ich weiß, sie sind zu ihren Eltern gefahren. So wie Milly. Aber sie müssen so bald wie möglich von dem Unfall in Kenntnis gesetzt werden. Mr und Mrs Sheringham haben erzählt, dass Paul – oh Gott – sie heute Morgen zum Bahnhof gefahren hat, dass sie aber getrennt zurückkommen werden. Ethel kommt wahrscheinlich als Erste. Ich muss also nach Upleigh, verstehst du, um auf sie zu warten. Und sie zu informieren.«

»Nicht zum Bahnhof, Sir?«

War sie zum zweiten Mal blass geworden?

»Das ist vielleicht kein so geeigneter Ort. Außerdem – wie soll ich es sagen, Jane?«

»Was sagen, Sir?«

»Mir scheint es wichtig, dass jemand – sich in Upleigh umsieht. Ich meine, die Situation im Haus, als Mister Paul Sheringham abgefahren ist.«

»Aber –«

»Ja, natürlich, er ist einfach aus dem Haus gegangen. Anscheinend wollte er lernen. Ja, er ist einfach aus dem Haus gegangen. Es gibt nichts zu sehen. Trotzdem – mir scheint es richtig, dass jemand nachsieht. Um die Sheringhams vorzubreiten. Sie zu beruhigen, meine ich. Sie wollen jetzt noch nicht zurückkommen. Sie wollen an Miss Hobdays Seite sein. Aber du kannst es dir vorstellen, Jane, du kannst es dir vorstellen. Ihre Verfassung – ich habe ihnen angeboten, was ich dir gerade geschildert habe. Dass ich mich in Upleigh umsehen will. Sie haben gesagt, dass er, dass Mister Paul beim Weggehen, da das Haus ja leer war, den Schlüssel unter einen Stein gelegt haben wird – eine steinerne Ananas, haben sie gesagt. Mrs Sheringham hat das gesagt – eine steinerne Ananas. Neben den Stufen. Und –«

»Und?«

»Deshalb muss ich nach Upleigh fahren. Um auf diese Ethel zu warten. Und mich zu versichern –«

Mr Niven schien der Aufgabe, zu der er sich offenkundig freiwillig bereit erklärt hatte, nicht gewachsen. Er räusperte sich.

»Jane – kann ich dich um etwas bitten?«

»Ja, bitte, Mr Niven.«

Sie hielt noch immer die Griffe des Lenkers umklammert. Ihr fiel auf, dass sie auch den Bremsgriff gedrückt hielt, obwohl sie doch ganz still neben dem Fahrrad stand.

»Ob du mit mir kommen würdest?«

»Mit Ihnen kommen, Sir?«

»Ich verstehe natürlich – es ist immer noch dein Tag. Wenn du – wenn du lieber dein Buch lesen möchtest, Jane –«

»Ihr Buch, Mr Niven.« Warum sie ihn korrigierte, war ihr unerklärlich.

»Natürlich.«

Sein Gesicht verzog sich ein wenig, als würde sich der Beginn eines Lächelns in etwas anderes verwandeln.

Würde er weinen? Es war nicht sein Sohn. Er war nur der Nachbar, der mit hineingezogen wurde.

»Ja, Sir, ich komme mit Ihnen.«

»Dafür bin ich dir sehr dankbar, Jane. Das ist sehr freundlich von dir. Du warst wahrscheinlich noch nie im Haus von Upleigh –«

»Würde es Ihnen etwas ausmachen, Mr Niven, wenn ich erst ins Haus gehe und ein Glas Wasser trinke?«

»Nein – natürlich nicht. Entschuldige bitte. Es ist ein solcher Schock. Und du bist den ganzen Tag mit dem Fahrrad unterwegs gewesen! Ja, ja, natürlich, du musst dich sammeln, dich frisch machen. Entschuldige bitte. Ich warte hier, Jane, beim Auto, lass dir Zeit.«

Und vielleicht waren diese fünf Minuten entscheidend. Wann war das jemals vorgekommen? Dass Mr Niven auf sie wartete? Und wie er neben dem Auto stand, als sie aus dem Haus kam, und die innen mit Leder bezogene Tür für sie aufhielt. Wieder musste sie an Ethel und Iris denken.

Im Haus – auch dies ein Haus, das leer war – hatten Tränen sie überwältigt, aber sie spülte sie mit kaltem Wasser fort. Gut möglich, dass sie ein Schluchzen unterdrückt hatte.

Sie fuhren nach Upleigh. Es war keine lange Fahrt. Aber Mr Niven fuhr ganz langsam und vorsichtig, wie zu einer Verabredung, die er nicht unbedingt einhalten wollte. Sprechen fiel ihnen schwer. Ja, sie kam sich ein bisschen wie Ethel vor. Sie hätte Ethel sein können.

Und der Zufall wollte es, dass Ethel vor ihnen da war. Die gefügige, pflichtbewusste Ethel hatte beschlossen – als wäre sie für einen Tag in Freiheit nicht gerüstet –, rechtzeitig zurückzukommen, um den Sheridans den Tee zuzubereiten, falls die dann schon wieder da waren und danach verlangten. Ihr »Tag« bei ihrer Mutter musste auf zwei Stunden beschränkt gewesen sein, und vielleicht hatte sie Gründe, warum sie die Zeit nicht länger ausgedehnt hatte. Sie musste mit dem Zug um drei Uhr zweiundvierzig gekommen und dann einfach zu Fuß gegangen sein. Der Weg war kaum mehr als eine Meile lang. Es gab Abkürzungen durch die Felder. Die Sonne hätte da schon einen dunkleren Goldton angenommen. Primeln schossen aus dem Boden, Kaninchen hoppelten übers Feld. Die flinke Ethel hätte nicht länger als zwanzig Minuten gebraucht. Vielleicht waren das die besten zwanzig Minuten ihres Tages gewesen.

Schon als sie die Auffahrt zum Haus hinauffuhren, sah sie das verräterische Zeichen: Das Fenster im ersten Stock. Verräterisch nur für sie. Jetzt war es geschlossen. Jemand hatte das gemacht. Wer, wenn nicht Ethel? Ethel war in dem Zimmer gewesen und hatte das Fenster geschlossen.

Deshalb hatte sie scharf – und für Mr Niven hörbar – eingeatmet, als sie die Auffahrt hinauffuhren. Mr Niven hatte es vielleicht als ein allgemeines Zeichen der Gefühlsbewegung verstanden, weil sie zweifellos beide – jeder auf seine Weise – daran dachten, dass Paul Sheringham erst vor wenigen Stunden diese Auffahrt in die andere Richtung entlanggefahren war. Zum letzten Mal. Deshalb hatte Mr Niven überflüssigerweise gesagt: »Es ist wirklich entsetzlich, Jane.«

Es war tatsächlich ein Einatmen aus Gefühlsbewegung, aber darin enthalten war auch ein Aufatmen der Erleichterung. Sonst verriet sie nichts.

Die Sonne beschien nicht länger die Front des Hauses und den Kies. Als sie ausstiegen, lag nach der Wärme der Mittagszeit sogar eine deutliche Kühle in der Luft. Und während Mr Niven sich nach dem »Ananasding« umschaute und sie an sich hielt und nicht darauf zeigte oder etwas sagte, öffnete Ethel plötzlich die Tür – natürlich, denn schließlich standen Besucher davor. Aber sie mag gedacht haben, als sie im Haus das Auto hörte, dass Mr und Mrs Sheringham zurückkamen. Und jetzt stand sie auf der Schwelle mit einer erstaunlichen Miene, als wäre sie die Herrin, ja, die Bewacherin des gesamten Anwesens von Upleigh.

Und als Jane Ethel die Tür öffnen sah, dachte sie unwillkürlich an das letzte Mal, als die Tür geöffnet worden war.

»Mr Niven –?«, hatte Ethel überrascht, aber auch gefasst vorgebracht, was dem Rätsel von Mr Niven mit Jane Wie-war-noch-ihr-Name?, dem Dienstmädchen von Beechwood, die vor ihr standen, nicht gerecht wurde.

Wurden heute alle Dienstmädchen im Auto mitgenommen?

Mr Niven sagte: »Sie sind doch Ethel, richtig?« Und auch das war rätselhaft.

Sie brauchten also nicht auf Ethel zu warten. Später tat sie sich schwer mit der Vorstellung, wie dieses Warten gewesen wäre. Das ganze Gespräch, in dem Ethel die Nachricht überbracht wurde, fand auf der Schwelle statt, da Ethel sich offenkundig nicht überreden lassen wollte, ins Haus zu gehen und sich zu setzen, nicht von Mr Niven, der ja nicht ihr Vorgesetzter war, obwohl an seiner ernsten Verfassung zu erkennen war, dass gleich etwas Ungeheures ausgesprochen werden würde. Und sollte das Dienstmädchen von Beechwood etwa mit reinkommen und sich ebenfalls setzen?

Ethel war plötzlich wie verwandelt. Oder vielleicht trat soeben ihr wahres Ethel-Wesen zutage. Sie würde nie wissen, ob ihr (und auch Paul Sheringhams) Bild von Ethel nicht grundlegend falsch angelegt gewesen war.

Noch während Mr Niven um Worte rang, bohrten sich Ethels Augen plötzlich in ihre, als wüsste sie, Ethel Bligh, alles. Aber vielleicht wollte Ethel ihr mit diesem Blick bloß klar und ohne Umschweife zu verstehen geben: »Wir Dienstmädchen müssen zusammenhalten, wir müssen wissen, wo unser Platz in der Welt ist.«

Der Blick sagte auf jeden Fall viel mehr aus als nur ein

verdutztes: »Und warum bist du hier? Was hast du in Begleitung deines Arbeitgebers zu schaffen?«

In der Halle hinter Ethel konnte sie den Tisch sehen und darauf die Schale mit den Zweigen weißer Orchideen. Es schien unglaublich, dass sie immer noch da waren.

»Es hat einen schrecklichen Unfall gegeben, Ethel«, begann Mr Niven. »Ich darf Sie doch Ethel nennen?«

»Ja, Sir.« Und so erfuhr Ethel die Nachricht. Und sie stand auf der Schwelle wie ein Wächter, der nicht weichen würde, als wäre sie jetzt, da offenkundig so viel Leid über dieses Haus gekommen war, uneingeschränkt bereit, jeden weiteren Vorstoß darauf zu verhindern. Mr Niven, der nach wie vor auf dem Kies stand, schien sich ihrer plötzlichen Autorität zu beugen.

»Dann ist es ja zum Guten, Mr Niven, dass ich so früh zurückgekommen bin und von Nutzen sein kann. Ich muss es in den Knochen gespürt haben, dass etwas vorgefallen ist. Und dass ich gebraucht würde. Mr und Mrs Sheringham – sie müssen ganz außer sich sein. Wieder so ein Schlag.« Ethel betonte das »Wieder«. »Ich werde für sie da sein, wenn sie zurückkommen. Ich werde es der Köchin sagen, wenn sie kommt. Ich werde alle Telefonate entgegennehmen – und, wenn erforderlich, welche machen.«

»Ethel –«

Aber in einem vielleicht eher seltenen Aufbegehren setzte Ethel sich über die Regel, Sprich-nur-wenn-zu-dir-gesprochen-wird, hinweg und fuhr fort.

»Ich habe schon aufgeräumt. Ich habe Mister Pauls Zimmer aufgeräumt –«

»Genau darum geht es, Ethel.«

»Worum, Mr Niven?«

»Ich muss Sie fragen – ich sollte mich überzeugen –« Mr Niven wusste nicht weiter. »Haben Sie etwas gefunden? In Mister Pauls Zimmer?«

»Was gefunden? Ich weiß nicht, was Sie meinen, Mr Niven.«

»Eh – einen Brief, Ethel. Etwas Geschriebenes.«

»Nein, Sir. Ich habe nichts Geschriebenes gefunden. Und wenn, dann hätte ich es nicht gelesen, Sir.« Ethels Miene schien auszudrücken, dass sie als Nächstes eine schneidende Bemerkung machen könnte, wie: »Wäre das dann alles, Sir?«, oder sogar: »Was geht Sie das überhaupt an?«

»Dann – dann ist es ja gut, Ethel. Dann ist ja alles gut.«

»Und Sie, Sir? Möchten Sie, dass ich Ihnen einen Tee mache?«

»Nein, danke, Ethel. Und Sie? Möchten Sie, dass wir – bleiben? Oder dass Jane bei Ihnen bleibt?«

Auf diese Möglichkeit war das Dienstmädchen von Beechwood nicht vorbereitet, und sie wartete ergeben, dass Ethel dem Vorschlag zustimmte.

»Nein, danke, Sir. Ich komme zurecht.«

Das sagte sie und sah dabei nicht Mr Niven an, sondern hatte den Blick unmittelbar und unverrückbar auf Jane gerichtet.

Es war der Blick von überaus strengen und alles verzeihenden Eltern.

Es gab also vieles, was sie nie wissen würde. Aber wenigstens wusste sie jetzt, dass Ethel bis zur Rückkehr der Sheringhams Mister Pauls Zimmer gründlich »aufgeräumt« haben würde. Die hingeworfenen Hosen, das Bett. Das Bettzeug würde gewechselt (obwohl niemand, das musste auch Ethel später durch den Kopf gegangen sein, in dem Bett schlafen würde), die abgezogenen Laken würden in den Wäschekorb kommen und am nächsten Montag in den Waschzuber. Der Küchentisch wäre aus reiner Freundlichkeit der Köchin gegenüber abgeräumt und abgewischt worden. Und alles wäre wieder an seinem Platz. Auch wenn alles andere sich verändert hatte.

Und später würde Ethel in *Käme die Wahrheit ans Licht* als Nebengestalt, wenn auch als gar nicht so unwichtige Nebengestalt, auftauchen. In verwandelter Form und, was aber außer der Autorin niemand wüsste, durch die Fiktionalisierung geehrt. Sie hieße Edith, nicht Ethel, und sie wäre Ethel weder ähnlich noch ein Dienstmädchen, aber sie wäre eine dieser Gestalten, die dem Anschein nach am Rande der Dinge stehen und dennoch alles wissen. Außerdem wäre sie eine von denen, deren wahres Wesen größtenteils unbehelligt und unbemerkt existiert. Aber das war eine allgemeingültige Wahrheit, die sie, die Autorin, dann bei der Erschaffung ihrer Gestalten anzuwenden wüsste, so wie es auch eine allgemeingültige Wahrheit im Leben der Menschen war.

Aber sie würde nie genau wissen, was Ethel die ganze Zeit über gewusst hatte. Sie würde nie wissen, was Ethel tat oder dachte oder fühlte, in der Zeit, die sie bis zur Rückkehr der Sheringhams (und der Köchin Iris) und bis zur Ankunft der Polizei, die kam, um ein paar routinemäßige Fragen zu stellen, allein im Haus war.

Dass sie einen Dankesbrief an ihre Mutter geschrieben hatte, war kaum vorstellbar.

Sie fuhren zurück. Die Sonne färbte sich orange und versank. Der Nachmittag neigte sich. Es wurde kühl. Es war erst März. Ethel würde neben ihren anderen Aufgaben auch Feuer in den Kaminen machen. Unter den Umständen war das genau das Richtige – das Feuer nicht ausgehen zu lassen. Dasselbe würde sie auch tun, sobald sie in Beechwood wieder das Dienstmädchen war.

Und was war sie in der Zwischenzeit?

Nach langem Schweigen sagte Mr Niven: »Es tut mir leid, dass ich dich vom Lesen abgehalten habe, Jane. Es tut mir leid, dass ich deine Zeit in Anspruch genommen habe. Was liest du zurzeit? Ich habe es vergessen.«

»Das macht nichts, Sir. Es ist nicht wichtig.«

Sie saß neben ihm auf dem Beifahrersitz, wo Mrs Niven saß, wenn ihr Mann fuhr. Sie gab sich alle Mühe, die Tränen zurückzuhalten, die Fassung zu behalten.

Wenn Mr Niven nur sagen würde: »Heute Abend hast du frei. Nimm ein heißes Bad.« Aber Dienstmädchen nahmen kein heißes Bad oder bekamen unerwartet frei, besonders dann nicht, wenn sie den Tag über frei gehabt hatten. In Kürze würde ihr Dienst wieder anfangen. Sie müsste mindestens so stark sein wie Ethel.

Der einfallende Abend, das Aprikosenrot, die diesig grüngoldene Welt – all das war unfassbar schön.

Nach einem weiteren langen Schweigen sagte er: »Jetzt sind es alle fünf, Jane.«

Sie wusste, was er meinte. Sie wusste es nur zu gut. Aber sie sagte: »Ja, Sir«, so wie Dienstmädchen diese Wörter in der üblichen Zustimmung sagen.

Und als sie vor dem Beechwood House hielten und er den Motor ausgestellt hatte, beugte er sich plötzlich zu ihr hinüber und weinte wie ein Kind – schluchzte – und presste seinen Kopf, seine Stirn an ihre Brust, und sie dachte daran, wie sie – war es erst am Nachmittag gewesen? – ein geöffnetes Buch so an die Brust gedrückt hatte. »Es tut mir leid, Jane, so leid«, sagte er, und ließ seinen Kopf, wo er war. Und sie sagte, während sie ihre Hand unwillkürlich auf seinen Hinterkopf legte: »Das ist ganz in Ordnung, Mr Niven, das ist ganz in Ordnung.«

Jugend hieß das Buch, das sie auf der Gartenbank hatte lesen wollen oder dessen Titel sie gegenüber Mr Niven hätte erwähnen können, als er sie fragte. Sie hätte einfach »Jugend« sagen können.

Das Buch hatte den vollständigen Titel *Jugend: Erzählung. Und zwei weitere Geschichten*, ein unelegant zusammengestoppelter, wenig aufregender Titel. In der Bibliothek von Beechwood war es das einzige Buch von Joseph Conrad, und die Erzählung »Jugend« war die erste in der Sammlung und ein guter Ausgangspunkt, denn sie basierte lose, wie sie später erfahren würde, auf Conrads eigenen frühen Erfahrungen und auf seiner ersten Begegnung (auch das erfuhr sie später) mit etwas – einer Vision, einem Versprechen, einer Tatsache, einer Illusion –, das »der Ferne Osten« hieß.

Jedenfalls hatte sie damit an diesem Muttertag begonnen, und wenn der Tag anders verlaufen wäre, wenn das Telefon nicht geklingelt hätte, wäre es sehr gut möglich gewesen, dass sie die Erzählung in einer sonnigen Ecke von Berkshire oder sogar im Garten von Beechwood zu Ende gelesen hätte. Vielleicht hätte sie schon mit einer aus *Andere Storys* angefangen. Eine davon hieß »Herz der Finsternis«, und es sollte sich zeigen (nachdem ihr Muttertag seinen besonderen Verlauf genommen hatte), dass sie diese lange liegen lassen würde, obwohl sie wusste, dass sie mit Joseph Conrad einen wichtigen Schriftsteller gefunden hatte. Vielleicht lag es an dem abweisenden Titel.

Sie wusste, dass Conrad sich von den anderen Schriftstellern, die sie bisher gelesen hatte, unterschied, ahnte aber auch, dass es da etwas gab, wofür sie noch nicht bereit war. Ein bisschen so wie sie gern *Die Schatzinsel* und *Entführt* gelesen hatte, aber *Dr. Jekyll und Mr. Hyde* noch aufschob.

Ihr gefiel das Wort »Erzählung«, es war ein sachliches, verlässlich klingendes Wort, aber sie verstand nicht, warum die eine eine Erzählung sein sollte, während die anderen einfach Storys genannt wurden. Am besten gefiel ihr damals das Wort »Geschichte« – und sie war froh, als sie sah, dass auch Conrad diesen Begriff oftmals bevorzugte. Es schien verlockender, von einer Geschichte zu sprechen als von einer Story, aber das mochte daran liegen, dass eine Geschichte womöglich weniger wahrheitsgetreu war und mehr auf Erfindung beruhte.

Um all diese Begriffe – Erzählung, Story, Geschichte – schwebte im Hintergrund eine Frage, die Frage der Wahrheit, und es war schwierig festzustellen, wie viel Wahrheit eine jede enthielt. Dann gab es den Begriff der »Fiktion« – in ihrem späteren Leben sollte sie dauernd damit zu tun haben –, bei dem Wahrheit so gut wie keine Rolle spielte. Alles Fiktion! Aber etwas, das eindeutig und vollständig Fiktion war, konnte – und das war der Dreh- und Angelpunkt und das ganze Geheimnis – auch Wahrheit enthalten. Nachdem sie alle drei Bücher gelesen hatte, kam sie zu dem Schluss, dass *Dr. Jekyll und Mr. Hyde* mehr Wahrheit enthielt als *Die Schatzinsel* oder *Entführt*. Für andere hingegen war dieses Buch von allen dreien das sonderbarste und mit Sicherheit das furchterregendste.

»Geschichten erzählen« konnte bedeuten, sich Lügenmärchen auszudenken. So wie der Ausdruck »Seemannsgarn spinnen«. »Seemannsgarn« beschrieb am besten die Abenteuerbücher, die in der Bibliothek von Beechwood am Anfang ihr Interesse erregt hatten, und es wäre sinnlos, sie nach ihrem Wahrheitsgehalt überprüfen zu wollen. Sie waren frei erfunden. Das Wort »Seemannsgarn« selbst beschwor den Salzgeschmack von Männern und Meer herauf. Und in vielen der Jungenbücher, die sie gelesen hatte, war es um Seefahrt gegangen – eine Seereise, ein unbekanntes Land –, als läge darin das eigentliche Abenteuer, als wäre es das, was jeder Junge wollte. Und hier war Joseph Conrad, der anscheinend einer von diesen Jungen war.

Ihr gefiel das Wort »Jugend«. Oder vielmehr, es gab ihr Grund zum Nachdenken, denn es war ja kein offensichtlicher Titel für eine Geschichte, eine Story oder eine Erzählung – oder für ein Abenteuer. Eigentlich war es mehr eine Idee. Doch als sie das Buch in der Bibliothek von Beechwood durchgeblättert hatte, schien es darin um Seefahrt und Seemannsgarn – um genau die Themen, mit denen sie schon vertraut war – zu gehen. Vielleicht hatte das auch den Sohn der Nivens, der zu dem Zeitpunkt schon ein junger Mann war, angezogen, allerdings war er offensichtlich mit dem Lesen nicht weit gekommen, falls er es überhaupt gelesen hatte. Im Gegensatz zu anderen Büchern in dem Drehregal sah dieses noch fast unberührt und neu aus. Ein Name war hineingeschrieben worden, mit dunkelblauer Tinte – »J. Niven. Okt. 1915« –, so frisch, als wäre es gestern gewesen. Und vielleicht war das mit ein Grund, warum sie es aus dem Regal genommen hatte.

Schon bald kam sie zu der Überzeugung, dass man Conrad einen schwierigen Autor nennen konnte. »Herz der Finsternis« … Vielleicht war es J. Niven auch so gegangen. Noch gehörte der Ausdruck »ein schwieriger Autor« nicht zu dem Vokabular, das sie beim kritischen Nachdenken über Schriftsteller verwendete, und dass er einmal auf sie selbst angewendet werden würde, konnte sie sich überhaupt nicht vorstellen. Als das geschah, fasste sie es als Kompliment auf, aber natürlich wurde es manchmal in einem ablehnenden Sinne verwendet. Als Ausdruck für »schwer zugänglich«. Gut, das war nicht ihr Problem.

»Conrad«, sagte sie, wenn sie wieder eine dieser oft gestellten und unbequemen Fragen beantwortete. »Conrad – mit ihm fing es an.« Als würde sie über jemanden sprechen, den sie kennengelernt hatte. Und in gewisser Weise traf das auch zu.

»Conrad. Das ganze Zeug über die Seefahrt mochte ich zu gerne.«

»Aber eigentlich ein Autor für Männer, finden Sie nicht?«

»Was wollen Sie damit sagen …?«

Dass ihr das Wort »Jugend« gefiel, lag natürlich daran, dass sie Jugend besaß. Damals. Sie war jung. Aber so wie »Seemannsgarn« hatte auch »Jugend« einen stark männlichen Beigeschmack. Ein Junge war ein »Jugendlicher«, aber ein Mädchen? Andererseits hatte 1924 alles einen männlichen Beigeschmack.

Dazu kam die Frage – und das Wort »Jugend« begegnete dieser Frage mit einer gummiartigen Qualität –, wo Jugend begann und wo sie in etwas anderes überging. Aber mit zweiundzwanzig zählte sie doch noch dazu. 1924 war selbst das Jahrhundert noch in seiner Jugend … andererseits war gerade das nicht der Fall. Einen Teil der Jugend, einen großen Teil, hatte das Jahrhundert gerade verloren.

Und natürlich konnte man 1924 behaupten, Conrad sei nicht mehr zeitgemäß, er sei überholt. Segelschiffe? Die Exotik des Fernen Ostens? Hatte er nicht mitbekommen, was mit der Welt geschehen war?

Aber mit ihm fing es an. In der Nacht des Muttertags 1924, als sie aus verständlichen Gründen kein Auge zutun konnte, nahm sie *Jugend* von Joseph Conrad zur Hand. Was sollte sie sonst tun? Weinen? Immer weiter weinen? In ihrem kleinen schmalen Bett? Die Menschen lasen Bücher, um sich selbst zu entkommen, um dem Leid in ihrem Leben zu entkommen.

Und es war eine Abenteuergeschichte und gleichzeitig auch nicht. Sie war anders. Sie hatte etwas Besonderes. Sie handelte von fünf barschen alten Männern, die um einen Tisch saßen und sich Geschichten erzählten – Seemannsgarn spannen – und die in ihrem Leben ganz unterschiedliche Dinge gemacht hatten, aber jeder von ihnen war in seiner Jugend mindestens einmal zur See gefahren. Sie konnte die Männer um den Tisch sitzen sehen, sah ihre zerfurchten Gesichter. Einer hieß Marlow, und er war derjenige, der seine Geschichte erzählte. Eigentlich war es keine richtige Abenteuergeschichte. Sie handelte von einem klobigen alten Schiff, das vom Pech verfolgt war und die trüben Küstengewässer nie richtig verließ, das aber eines Tages, am Ende der Geschichte, das zugleich eine Art Anfang war, den Fernen Osten erreichte.

Nachdem sie *Jugend und andere Storys* ausgelesen hatte, nachdem sie sogar *Herz der Finsternis* gelesen hatte, das wirklich schwierig war und ganz anders als alles, was sie bis dahin gelesen hatte, wusste sie, dass sie mehr Bücher von Conrad lesen musste, und deshalb hatte sie an eine Buchhandlung in Reading geschrieben, die Bücher per Post versandte. Sie hatte immer noch die Halfcrown, die Mr Niven ihr gegeben hatte, dazu noch andere, die sie gespart hatte. Im Dorf konnte sie eine Postanweisung kaufen. Und vielleicht brachte diese Transaktion mit einer Buchhandlung sie auf den Gedanken: Eine Buchhandlung, eine Buchhandlung …

Sie kaufte ein Buch mit dem Titel *Lord Jim*, das ganz ähnlich wie *Jugend* war, nur länger – und schwierig. Es nannte sich eine »Geschichte«. Der Mann namens Marlow kam auch wieder darin vor, sodass der Gedanke nahelag, Marlow sei Conrad in Verkleidung. Danach kaufte sie *Der Geheimagent*, das ganz anders war, da die Handlung nicht mit Schifffahrt zu tun hatte und nicht im Fernen Osten, sondern in den engen Straßen Londons spielte, trotzdem vermittelte es das Gefühl, dass man in unbekannte und möglicherweise gefährliche Gebiete vordrang, und hätte sie das Wort gekannt, hätte sie es vielleicht »Conradisch« genannt.

Inzwischen war sie zu der Überzeugung gelangt, dass Conrad selbst eine Art Geheimagent war, der zwischen den Welten hin und her wechselte. Und viel später dachte sie, und manchmal sagte sie es auch, dass alle Schriftsteller Geheimagenten waren. Vielleicht waren wir in Wahrheit alle Geheimagenten – aber das würde sie nie äußern.

Jedenfalls war in ihr, nachdem sie *Der Geheimagent* gelesen hatte und obwohl es sicherlich töricht war, der geheime Wunsch gereift, Schriftstellerin zu werden. Sie war es ja gewohnt, Geheimnisse zu haben.

Der Name – Conrad – war nicht sein wahrer Name, fand sie heraus, denn er war Pole. Das war also ein bisschen wie bei ihr. Es war auch kein Pseudonym, sondern einfach sein »englischer« Name. Aber das Bemerkenswerte, das wahrhaft Erstaunliche an ihm war, dass er nicht nur lernen musste zu schreiben, sondern dass er in einer *völlig neuen Sprache* schreiben musste. Das war kaum vorstellbar. Es war, als müsse er eine unmögliche, unpassierbare Barriere überwinden, und fast dachte sie, dass dies die noch größere

Leistung und das noch wahrhaftigere Abenteuer war, noch größer als die Reisen, die er in seiner Jugend unternommen hatte, noch aufregender, als in den Fernen Osten vorzudringen.

Und sie selbst müsste das auch tun, wenn sie Schriftstellerin werden wollte – sie müsste eine unpassierbare Barriere überwinden. Auch sie müsste, wie sie langsam begriff, eine Sprache finden, obwohl sie eine hatte, denn eine Sprache, die *richtige* Sprache zu finden, war – das würde sie allmählich begreifen – das eigentliche Schreiben. Aber auch davon würde sie in Interviews nie sprechen. Es war zu persönlich.

»Conrad, ja – er hatte einen besonderen Reiz.« Als würde sie über einen alten Liebhaber sprechen.

Tatsächlich war es ihr in ihren letzten Monaten in Beechwood, bevor sie nach Oxford ging, eine Freude gewesen zu wissen, dass Joseph Conrad, der in Polen geboren war und die Weltmeere besegelt hatte, noch lebte, und gar nicht so weit entfernt, in der hügeligen Landschaft Englands. Eine Freude, die nicht lange anhalten konnte, aber immerhin hatte sie sie bewusst erlebt, denn eines Morgens im August 1924 las sie in der Zeitung, die sie für Mr Niven ausgebreitet auf den Frühstückstisch gelegt hatte – und es war ein persönlicher Schock –, dass Joseph Conrad gestorben war.

Und die Wahrheit war (obwohl sie das nie zu jemandem sagen würde, weder in Interviews noch sonst zu jemandem), dass sie sich anhand der Bilder, die sie von Joseph Conrad gesehen hatte – dem späten Conrad –, in ihn verliebt hatte. Die Ernsthaftigkeit, der Bart, der Ausdruck seiner Augen, als sähe er etwas in großer Ferne, das zugleich tief in ihm war. Manchmal hatte sie sich sogar vorgestellt, wie es wäre, neben

Conrad im Bett zu liegen, nur neben ihm zu liegen, nicht zu sprechen, neben dem nackten, alternden Conrad, und sie beide würden zur Decke blicken und zusehen, wie der Rauch ihrer Zigaretten aufstieg und sich dort vermischte, als enthielte er eine Wahrheit, die größer war als alles, was sie beide in Worten ausdrücken konnten.

Der erste Seufzer des Fernen Ostens auf meinem Gesicht. Das werde ich nie vergessen.

Sie wurde Schriftstellerin. Sie schrieb Bücher. Im ganzen würde sie neunzehn Bücher schreiben. Sie wurde eine »moderne Schriftstellerin«. Doch wie lange blieb man »modern«? Und war das wichtig beim Schreiben? Modern zu sein? Sie erlebte Zeiten und Veränderungen und schrieb darüber. Sie wurde über neunzig, fast hundert Jahre alt, und im hohen Alter, als sie sich eine gewisse Hintergründigkeit angewöhnt hatte und immer wieder an die Öffentlichkeit geholt wurde – »Jane Fairchild mit achtzig«, »Jane Fairchild mit neunzig« –, erwähnte sie die Namen von Schriftstellern der Vergangenheit, als wären sie vor langer Zeit tatsächlich mit ihr befreundet gewesen.

All die Szenen. All die echten und die in Büchern. Und all die, die dazwischenlagen, weil in ihnen das vorkam, was man sich über wirkliche Menschen ausdenken und vorstellen konnte. Wenn sie beispielsweise versuchte, sich ihre Mutter vorzustellen. Oder das, was wirklich hätte sein können, wenn die Dinge damals, vor langer Zeit, einen anderen Verlauf genommen hätten. Vielleicht hätte sie mit ihm gehen können, vielleicht wäre es wundersamerweise geglückt, dass sie mit ihm am Geländer hätte stehen können, eng an ihn gedrückt, im kühlen Morgengrauen, während die Sonne große lodernde Teppiche auf den Downs auslegte und Fandango herangaloppierte, dampfend, die Nüstern gebläht, mit donnernden Hufen. Vielleicht hätte sie es verstanden und für immer behalten. Das vierte Bein? Das vierte Bein gehörte ihr.

In ihren Büchern erzählte sie viele Geschichten. In ihren späteren, sorglosen Jahren erzählte sie Geschichten aus ihrem eigenen Leben, aber so, dass man nie ganz sicher sein konnte, ob sie wahr oder ausgedacht waren. Aber eine Geschichte erzählte sie nie. Es gab Dinge, über die konnte sie ein unantastbares Schweigen breiten, so wie Ethel (die später zu Edith wurde) es getan hatte. So wie Joseph Conrad, vermutete sie, trotz der vielen Geschichten, die er erzählt hatte, über manche Dinge ein Schweigen gebreitet hätte, während er neben ihr lag, wie eine wunderbare trockene Hülse von einem Mann.

Erzählen, Geschichten erzählen. Immer war da die Annahme, dass man Lügen verbreitete. Aber ihr Anliegen war es immer gewesen, den Nerv, das Herz, den Kern, das Mark zu treffen. Das war auch Donalds Anliegen gewesen, auf seine Art. Armer Donald, der vor vierzig, fünfzig Jahren von ihr genommen worden war.

Schluss mit den Interviews und dem ganzen Schnickschnack. Was war es also genau, dieses wahrhafte Erzählen? Sie wollten immer auch noch die Erklärung erklärt haben! Eine Schriftstellerin, die der Bezeichnung würdig war, würde sie alle an der Nase herumführen, zum Narren halten, in die Irre führen. Verstand sich das nicht von selbst?

Es ging darum, dem, was das Leben ausmachte, treu zu sein, zu versuchen, genau das einzufangen, was Lebendigsein bedeutete, obwohl das nie gelang. Es ging darum, eine Sprache zu finden. Und es ging darum – und das folgte aus dem Vorherigen –, der Tatsache treu zu sein, dass viele Dinge im Leben, oh, so viele mehr als wir uns vorstellen, nie erklärt werden können.